U1076439

单恋轨道
艾鱼 著
湖南文艺出版社
HUNAN LITERATURE AND ART PUBLISHING HOUSE

07

“在你那里是一个擦肩，在我这里是整个夏天。”
“在所有人事已非的景色里，我只喜欢你。”

目录

Contents

上卷

——念念不忘 ▶ 001

舒念，舒畅的舒，念念不忘的念。

下卷

——声声回响 ▶ 118

宋祺声，唐宋的宋，顺颂时祺的祺，声音的声。

番外

01 我只喜欢你 ▶ 210
02 暗恋的回响 ▶ 215
03 让时间暂停 ▶ 222
04 在雪中亲吻 ▶ 228
05 慢慢地告别 ▶ 234
06 一生跟你走 ▶ 239

后记 ▶ 246

DAN LIAN GUI DAO

上卷

念 念 不 忘

01 她的夏天

舒念五岁那年父母闹离婚，两个人谁都不肯要她，而且父母忙着打离婚官司，根本没空管这个女儿，舒念便被他们送去了乡下奶奶家。

这一住就是十年。

这十年来，父亲舒思谦并不是每年过年都回老家，只寥寥回过两三次，而舒念的母亲谢若青更是一次都没来看望过舒念。

舒念对父母的印象还停留在五岁之前，记忆也已经很模糊。

虽然这十年她也见过几次父亲，但依然感到陌生。

2016年夏天，十五岁的舒念中考完就从乡下奶奶家来到了沈城。

因为暑假结束后舒念要进沈城一中读高中，所以舒思谦把她提前接过来，想让她趁这个暑假适应新环境。

于是，舒念从这个夏天开始，就住进了父亲和他第二任妻子苗羽的家中。

新家很气派，是独栋三层楼别墅，家里还有做饭洗衣的阿姨。

她有一个属于自己的、很宽敞的卧室，卧室的衣柜里还有很多漂亮的新衣服。

这里哪儿哪儿都好，但舒念住得很不习惯。

她不习惯这里的人，不习惯这里的事物，不习惯叫舒思谦爸爸，更不习惯叫只大她十岁的继母小妈。

一切都小心翼翼的。

舒思谦给舒念配了手机，舒念每天都在QQ上和从小学开始就是好朋友的江恬聊天，而且她每晚都要给奶奶打一通电话。

除此之外，舒念唯一的乐趣大概就是去省图书馆借书看了。

很多时候她宁愿待在省图书馆看书，都不想把书带回家去看。

所以舒念经常一整天都泡在省图书馆。

早上图书馆刚开门她就去，直到傍晚闭馆她才肯回。

一周七天，除去周一省图书馆闭馆，其他六天每天她都会出现在馆内，抱着一本文学类的书看得认真。

无论刮风下雨，舒念都会准时出家门，乘坐21路公交车直达省图书馆站，下了车过马路，走一段路就到省图书馆了。

7月最后一天，天气不是很好。

舒念看了眼手机上的天气预报，显示傍晚有70%的概率会降雨，她便在出家门时顺手拿上了一把雨伞。

到了图书馆，舒念找到昨天自己还没看完的那本诗集，继续往下看。后来诗集看完，舒念把书放回去，又拿了一本名人传记读。

时间不知不觉地流逝，舒念中午在省图书馆附近的一家面馆解决掉午饭，随后就回了馆内，继续看自己没看完的书。

一直到傍晚省图书馆要闭馆，她才把书放回原位，拿起带来的雨伞往外走。

舒念之前看书看得认真，没注意到外面的天色早已经阴沉沉的，这会儿正在落雨滴。

她走出省图书馆才发现在下雨。

舒念撑开透明的雨伞，举着伞下台阶，往前走去。

就在临近公交站牌时，她突然听到一声细弱嘶哑的猫叫声。

舒念低头，注意到墙根有一只小白猫，身上有点脏，看样子也不过三四个月大，浑身被淋得湿漉漉的。

这只猫是异瞳，和乡下奶奶家养的那只白猫很像。

舒念走过去，蹲在地上，用雨伞给小白猫遮着雨。

她轻轻摸了摸小猫的脑袋，小声问："你怎么在这儿啊？下雨了，为什么不回家呢？"

"是没有家吗？"

小猫乖乖地蹭着她的掌心，似乎在求舒念收留它。

但是舒念知道继母对猫毛过敏，家里禁止养猫猫狗狗，她没办法带小猫回家。

当初父亲第一次带继母回老家见奶奶，继母就因为奶奶家养的那只白猫皮肤发痒，还起了疹子。

舒念一时不知道怎么办才好。

就在她蹲在原地犹豫的时候，21路公交车正好驶来。

舒念没办法，轻轻对小白猫说了句对不起，她把雨伞留给了小白猫，自己一个人冒雨跑上了公交车。

上了公交车后舒念才想起来找沈城的流浪动物救助站，她可以把小猫送到那里去，至少不会被雨淋，能保证最基本的生存。

她在手机地图上搜了一下，飞快地确定好路线，随即就在省图的下一站下了车。

幸好这两站之间距离并不远，舒念淋着雨跑回省图附近，可是却发现小白猫和她留下的雨伞都不见了。

舒念咬唇呆在原地几秒，转身慢慢地走到公交站牌处，等公交车来后，她又回头看了看小白猫原先待的那块墙根，这才蹙着眉忧心忡忡地上车。

舒念在靠窗的座位坐下，透过布满雨滴的车窗盯着小白猫和雨伞消失的地方，在心里默默祈祷小家伙是被好心人收留了。

这么快就不在原地了，应该是被人捡走了吧……

因为折回去找小猫，加上今天下雨公交车行驶得慢，舒念今天回家的时间比往常晚了些。

她到家的时候，舒思谦和苗羽也刚刚到家。

看到她浑身湿漉漉的，苗羽担忧地问："念念，你怎么淋雨了，早上出门的时候不是带了雨伞吗？"

她说话间已经快步去卫生间拿了干净的浴巾过来。

苗羽用浴巾帮舒念擦了擦潮湿的头发，舒念不自在地略微躲避了下，她便善解人意地将浴巾披在舒念肩上。

"谢谢……阿姨。"虽然已经来这里一个多月了，但舒念依旧不习惯这样称呼苗羽。

她轻声回答了苗羽最开始问她的话："雨伞……丢了。"

因为撒了个谎，舒念低下头，用擦头发掩饰心虚。

苗羽轻叹，有些无奈道："那就跟你爸爸打电话，让他去接你啊。"

"太麻烦了。"舒念小声说完，不等苗羽再说什么，她就快速道，"我去冲个澡。"

苗羽点点头："去吧，我让阿姨给你熬点姜汤，一会儿洗完澡下来喝，别着凉了。"

"好，"舒念胡乱应下，"谢谢……"

这次她没把"阿姨"两个字叫出口，直接转身步履匆匆地上楼了。

等舒念去了楼上，苗羽看向倒了杯水正在喝的舒思谦，对他说："念念看起来还是很局促。"

舒思谦觉得这不是什么大事，回了句："时间长了就好了。"

"不用担心，小念就是有点慢热内向，给她点时间，她会慢慢接受你的。”

苗羽无奈地耸耸肩：“希望吧。”

舒念晚上关上房门跟奶奶打电话，说她今天看到一只小白猫，可像大白了。

大白是奶奶家养的那只异瞳白猫的名字。

奶奶笑着问她过得怎么样，舒念说没有在老家自在。

“但是城里能开阔眼界，教育资源也好，我们念念该见见外面的世界有多繁华，好好学习，站得更高，看得也就更远了。”

舒念便笑着跟奶奶讲，省图书馆的书好齐全，什么类型的书都有。

祖孙俩絮絮叨叨聊了好半天，最后奶奶在电话另一头都困得鼾睡了，舒念才恋恋不舍地挂断电话。

不知道是不是傍晚淋了雨的缘故，舒念半夜就开始发烧。

直到隔天早上她反常地没有按时起床，苗羽进了她的卧室喊她吃早饭才发现她生病了。

随后舒念就被父亲和小妈带去了医院挂点滴。

这一病就折腾了三天，等舒念三天后完全康复再去省图书馆，已经是8月4号了。

那天天晴，舒念穿着一条白色的连衣裙，扎着最简单普通的高马尾去了省图书馆。

她去上次拿书的地方拿那本她还没有读完的人物传记，但是怎么都没找到。

舒念在那个书架附近转悠了好久，一本一本地筛选，终于在旁边的书架上看到了。

她拿起这本厚厚的人物传记，转身要走时，和过来找书的一个男生稍微撞了一下。

她的肩膀磕碰到了对方的胳膊。

男生穿着简单的白T黑裤，长得很高，舒念起初低着头没看到他的模样，只听他用很好听的嗓音对她特别礼貌地道歉说："抱歉，撞到你了。"

他的声音很清朗，像溪水一样清澈，又犹如此刻的阳光一般明朗。

舒念被他的嗓音勾着不自觉地仰起脸来。

那是一张非常惹眼的脸，五官立体又精致，棕色的眸子亮晶晶的，看向她的目光含着几分笑，特别干净。

她只看了一眼，就又匆匆低下了头，语气很轻地回了他一句："没关系。"

随即舒念就快步从这个书架旁离开了，然后翻开了这本人物传记，找到她上次看到的地方。

就在她打算继续往下看的前一秒，舒念的余光捕捉到，那个和她撞了一下的男生，就在她斜对面坐下来了。

而他最终拿了一本……《数独游戏》。

从这天开始，舒念每周的周二到周五都会在图书馆遇见这个男生，每次他都在做数独游戏。

只不过舒念以为，过了这个暑假，他们应该就不会再见了。

或许他会去其他地方读高中，或许他以后不会再来。

但舒念没料到，九月一号高一入学报到那日，她会在高一10班的教室里再次遇到他。

班主任是个很面善的男老师，教他们化学，叫杨其进。

开学第一天没什么课程，基本就是发课本，发校服，发校园卡，以及开班会介绍自己、熟悉同学。

每个人的座次是按照中考成绩排名决定的。

舒念的中考成绩在她之前就读的乡村中学排名前五，但到了沈城一中，全班56个人，她排名48。

这对舒念来说是一个打击。

她一直都知道她的成绩拿到城市高中并不出色，但也没想到会差到要倒数。

班主任让大家按照座位挨个介绍自己。

第一个站起来的就是她在图书馆遇到的那个男生。

他站起来，落落大方地淡笑说："大家好，我叫宋祺声，唐宋的宋，顺颂时祺的祺，声音的声。"

班上有男生问："顺颂时祺的祺是哪个祺啊？"

他说："左边一个示字旁，右边是其中的其。"

"顺颂时祺。"舒念一边小声念着，一边偷偷用手机输入了这几个字的拼音，输入法自动出现了四个字——顺颂时祺。

随着大家自我介绍，越来越接近舒念，舒念也越来越紧张。

她默默在心里一遍一遍地重复她一会儿要说的话："我叫舒念，舒畅的舒，念念不忘的念。我叫舒念，舒畅的舒，念念不忘的念……"

等轮到她自我介绍时，舒念站起来后，还是紧张地磕巴了一下。

"大……大家好。"

被全班同学注视着的舒念感觉脸火辣辣的，浑身燥热，她努力让自己镇定，很小声地说："我叫舒念……"

"什么？"一个叫蒋枫的男生好心扬声提醒，"同学，大声一点，这边听不清。"

舒念顿时涨红了脸，她用尽力气大声道："我叫舒念，舒是舒畅的舒，念是念念不忘的念。"

舒念自以为她的声音已经震天响了，但其实也只是刚刚够大家听清她的话而已。

等她坐下，手指都在轻微地颤抖。

舒念觉得自己很没出息，默默攥紧了手指，试图掩盖她紧张到发抖的事实。

虽然是一个新的集体，但班上其他同学都有之前认识的同学或朋友，每个人都能找到相熟的人聊两句。

只有舒念，从乡下转过来，在这里没有之前的同学，谁都不认识，一个人在座位上默默为新课本一一写上自己的名字。

班会开到最后，班主任给他们重新调了座位。

舒念个子中等，在中间第四排，靠近过道。

宋祺声因为身高太高，在靠窗的最后一排，位置是舒念的斜后方向。

舒念的同桌是一个很活泼外向的姑娘，对方很主动地跟舒念搭话："你好，我叫司凝。"

舒念腼腆地笑了笑，轻声说："你好，我是……"

"你叫舒念。"司凝笑道，"我记住你的名字啦，很好听。"

舒念杏眼轻轻弯起一个弧度。

司凝好奇地问舒念："你是哪个初中的啊？"

舒念眨了眨眼，如实说："江岭中学。"

司凝没听说过沈城有这么一个中学，蹙眉不解道："江岭中学，是哪个中学？"

舒念跟她解释："是江岭乡的中学。"

司凝："江岭乡？"

舒念点点头，继续跟她解释："沈城旁边的江北省，北阳市胡庄县的江岭乡。"

司凝其实依然不知道具体在哪里，但她知道江北省，也听说过北阳市，大概懂了舒念应该是从一个乡镇中学转来的学生。

她弯唇说："我听说过北阳市，那里有个很出名的惠古寺，求财求学业事业求健康平安甚至求桃花都特别灵。"

舒念浅笑道："好像是的，反正去那里的人总是很多。"

“你去过吗？离你那么近，你应该去过吧？”司凝问舒念。

舒念摇摇脑袋，有点不好意思地说：“我没去过。”

“不过我奶奶去过，我小时候有次生病，奶奶去那里求佛祖菩萨保佑我平安。”

司凝羡慕道：“你奶奶好爱你。”

“嗯。”舒念浅浅笑着。

从这天开始，舒念和司凝就成了好朋友，课间一起去卫生间，中午一起去学校的餐厅买饭，体育课一起下楼去操场，去小卖部买零食也结伴一起。

司凝成了舒念在沈城一中的第一个朋友。

渐渐地，舒念得知司凝和他们班长齐贺是初中同学，两个人初中都是在三中读的，交情也不错。

后来舒念又从司凝嘴里得知，他们班最受欢迎的宋祺声，初中就在一中念，高中是直升上来的。

他的成绩不仅在他们班排名第一，还是全年级第一。

舒念顿时只觉得他更优秀了。

他现在站的高度，是她目前无法企及的。

自卑的情绪不知不觉地蔓延开来，将她层层围裹住。

她忍不住想，要是她有一天也能像他那样优秀该多好！

因为成绩的落差，舒念每天回家把老师布置的作业完成后，还会自己做两个小时的题。

到了周六日，学校放假，她就去省图书馆，自己啃知识点、做各科的试卷。

而她果然再也没有在省图书馆遇见过宋祺声。

临近九月底的某天，傍晚放学后，因为赶上司凝要值日，所以舒念一个人先走了。

她一边走路一边低头和在老家的好朋友江恬发消息。

舒念：甜甜，还有两天就月考了，我好怕我的成绩在班里又是倒数。

江恬很快就给她发来：瞎讲！你本来就很聪明，学习又认真刻苦，这一个月还一直在自学补课，这次月考你肯定能进步很多的！

江恬：念念你别考虑太多，也不要紧张，发挥出你的正常水平来就行啦。

江恬：我听咱们这边的学长学姐说，从我们乡下转学去城里读书的孩子，起初的排名都比较靠后，但是只要认真努力，踏实肯学，后面就会慢慢超越好多人，成绩一路逆袭。你的考试成绩肯定也会一次比一次好的。

江恬：念念，这才只是开始，距离我们高考还有三年呢，你怕什么啊，有大把的时间可以追上他们超越他们。

舒念抿嘴一笑，回江恬：嗯！我们一起努力！

江恬：好！三年后沈城大学再见！

舒念莞尔回她：一定！

消息刚发完，舒念突然撞到了前面的人。

是个男生，长得很高。

他的校服上有一种很淡的洗衣粉清香。

她仓皇地退开一步，语气慌乱地向对方道歉："对不起……"

宋祺声回头看了她一眼，不在意地低笑回她："没关系。"

舒念听到是他的声音，忍不住抬头看了他一下，然后就脸颊泛红地咬着唇从他身边绕过去了。

她很怕他在后面看她。因为心里特别在意这件事，结果就导致走路很不自然。

舒念浑身发烫地捏着手机，开始拔腿就跑。

她的粉色书包上挂着一个很可爱的小猫挂坠，因为她的跑动，挂坠上的小猫跟着来回摇摆晃动，格外灵动可爱。

舒念跑到公交站时，通往家方向的那趟公交车刚好到站。她立刻上了公交车，刷完公交卡往后排走去。

两天的月考结束，舒念并没有松一口气。

她感觉自己答得不是很好，但又不能说不好。因为没有答出来的那些题，她都不会，会的题她应该是都答对了的。

两天后，九月的最后一天，也是国庆假期前最后一天上课，月考成绩出来了。

在这次月考前，班主任就提前告诉了他们，月考后会调座，到时候他会按照成绩给大家安排座位。

之前沈城一中的成绩单会印着全班同学每个人每科的分数和排名，还有总分在班级和年级的排名，但这两年沈城一中改了通知学生们成绩的方式，现在只给学生印着他自己成绩的成绩条。

舒念拿到自己的成绩条后认真看了看。

她的英语有148分，但是其他科的分数都不高，尤其是物理。

100分的物理她只考了53分。

舒念这次在班里排名32名，她进步了16名。

舒念有点开心，但又不甘心只是这样。她下定决心，期中考试一定要继续往前爬，哪怕只进步一名都可以。

当天下午最后一节课，是专属于班主任假期前的一次班会。

杨其进在交代完所有假期的注意事项后，就把他新安排的座位表用多媒体打开，让大家小声点调座。

舒念坐在座位上，怔怔地望着她的名字和她同桌的名字，呆住了。

新座位表上，教室左侧靠窗第五排——

宋祺声，舒念。

02 她的夏天

司凝看着舒念的新同桌名字，惊叹了一声。但看过舒念成绩条的她很快就明白了班主任为什么要这样安排了。

司凝凑近舒念，在她耳边小声咬耳朵：“我觉得，班主任估计是想让你俩互补。”

舒念堪堪回过神来，但没明白司凝的话，不解地轻声问：“啊？”

司凝笑着说：“我听齐贺说，宋祺声是有点偏科的，他英语有点差，物理却可以考满分。”

“你英语很好啊，但是物理不是不及格吗？”

“老班肯定是想让你们俩取长补短，你给他补习英语，他帮你补习物理。”

舒念眨了眨眼，感觉司凝说的很有道理。

司凝说完很不舍地抱了抱舒念，哼哼道：“呜呜呜，我的小可爱，我们要分开了。”

舒念抬手回抱着她，眉眼弯弯地浅笑说：“只是上课的时候不在一起啦，其他时候还是可以的。”

司凝点头，“嗯！”

舒念现在的位置距离换座后不远，再加上有司凝帮她抬桌子，两个女孩子很快就把舒念的课桌搬到了指定的位置。

然后舒念就去帮司凝搬课桌了。

等她再回来，宋祺声已经把他的课桌搬过来了，而且他们俩的课桌已经并齐，紧紧地挨着。

他人不在座位上，舒念也就没那么紧张。

她拉开凳子坐下来，有点不受控制地看向他的桌面。

他的课桌很整洁，简约的黑色金属书立中夹着各科的课本、练习册、笔记本还有一沓沓试卷，透明笔袋里装着碳素笔、铅笔、涂卡笔、橡皮等，旁边还有一套文具。

桌面上放着一个草稿本，掀开的这页上面有他龙飞凤舞的字迹，基本都是一些算式和公式。

就在这时，一道人影盖了过来。

舒念还没反应过来，就听到宋祺声清朗的声音从她头顶上方响起：“我进去一下。”

舒念立刻起身，给他让路。

宋祺声贴着她的课桌边缘侧身进去，坐了下来。

舒念咬了咬唇，也默默坐到了自己的位子上。

调完桌后，就是各科课代表发假期作业的时间。

一张又一张的试卷发下来，舒念很快就收了一沓厚厚的新试卷。

每科每天一张试卷，任务量并不小。

舒念决定国庆假期也要每天都去省图书馆，专心做假期作业，如果假期作业做完还有时间，她就自己安排时间学习。

假期作业发完距离放学还有段时间，舒念便开始提前写假期作业。

她低着头，认真地审题做题。

而她身旁的宋祺声，无所事事地扭头望向窗外，盯着某一处出神。

似乎是看到了什么风景，宋祺声掏出手机，嘴角轻扬着对着窗外拍了一张照片。

国庆节的第一天沈城下了一场秋雨。

舒念依然背着书包撑着雨伞去了省图书馆。

天色很暗，图书馆里全天开着灯。舒念在位置上专注地写假期作业，每一道题都认认真真地作答，遇到不会的就圈起来，再将试卷折个角做记号。

宋祺声依然没有出现，舒念只是在吃过午饭回来后望着他之前经常坐的那个位置发了几分钟的呆。

等回过神来，舒念就起身去了书架那边。

她找了好久，终于找到了他上次拿的那本《数独游戏》。

舒念抱着书回来，翻开书，从里面拿出那张借书卡。

最近借这本书的就是宋祺声，上面从左到右的三栏是姓名、借书日期和还书日期。

上面分别写着：宋祺声，2016.08.04，2016.08.30。

舒念抿了抿唇，在借书卡上他名字的下一行，写下了自己的名字。

舒念。

借书日期：2016.10.01。

这天傍晚，舒念把这本《数独游戏》放进书包背回了家里。

她一进家门，就听到了奶奶的声音。

正要换鞋的舒念惊讶地抬头望向客厅，奶奶正笑眯眯地瞅着她。

舒念没有换拖鞋，直接跑到客厅，开心地拉住奶奶的手，惊喜地笑着用方言问："奶奶，你怎么来啦？"

奶奶也用老家的话回她："你爸爸开车把我接过来住几天，也想着能陪陪你。"

舒念高兴得不得了，当晚非要跟老太太挤一张床上睡。

第二天也不去省图书馆了，就在家学习。

老太太闲来无事，给孙女削个苹果剥个橘子，要么就给舒念送温水到房间，让她多喝水。

这两天天气一直不好，总是下雨，老太太吃过午饭犯困，在舒念的房间里听着雨水滴滴答答的声音睡过去了。

天一下雨气温就跟着降，舒念怕奶奶着凉，帮她盖好被子，再回到书桌前继续学习。觉得累了，就翻翻她从省图书馆借来的那本《数独游戏》，试着解解数独。

因为奶奶在家，舒念这个假期再也没有去省图书馆学习过。

国庆节假期前三天一直在下雨，后来天放晴，舒念还和老太太手拉手在家附近转悠了几圈。

路边有卖棉花糖的，老太太给孙女买了根棉花糖，然后遇到了卖烤肠的，老太太又给孙女买了根烤肠。

这些都是舒念小时候奶奶带她去赶集经常给她买的小吃食。现在舒念已经读高中了，是大姑娘了，老太太依然把她当小孩子对待。

舒念在奶奶面前也确实孩子气，会缠着老太太撒娇要东西吃。

这个假期过得很快，仿佛眨眼间七天就过完了。

到了舒念要开学的日子，也到了老太太回乡下的时候。

七号当天，吃过午饭后，舒念依依不舍地抱着奶奶的胳膊，不愿意放开。

老太太在要上车前拍拍她的手，温柔又慈祥地对舒念说："念念，学习不要有太大压力，你是最棒的孩子。"

舒念浅浅一笑，对奶奶点头，"嗯。"

"元旦假期我回老家看您。"

老太太笑得合不拢嘴，连声应："好，好，奶奶在家等你。"

假期只剩最后半天，奶奶回了江岭乡下，舒念又去了图书馆。

这次她主要是来还书，顺便在这里学习几个小时，等闭馆的时候再回家。

把书还了后她来到老地方，一眼就注意到了宋祺声正在她的斜对面看书。

她克制着自己的不自在，佯装自然地坐下，拿出书本翻开便开始低头学习。

两个多小时后，舒念的手机屏幕亮起来。

在看到来电显示是“奶奶”后，舒念就拿起手机快步朝着卫生间的方向走去。

舒念接起电话，温软地唤了声：“奶奶。”

老太太带笑的嗓音从听筒另一端传来：“念念，奶奶到家啦，你别惦记着。”

舒念轻声应：“好。”

然后也不知道怎么的，眼泪毫无预兆地涌出眼眶。

舒念眨了眨泛热的眸子，鼻子发酸地微微哽咽说：“那你照顾好自己啊，不要生病。”

老太太笑呵呵地答应：“好，奶奶身体倍儿棒，不会有问题。”

“哭啦？哭什么呀？又不是见不到了，”老太太安慰孙女，“不是说元旦就回来吗？到时候奶奶给你烤红薯吃。”

舒念委屈地“哼”了声，带着哭腔说：“还要炒板栗和煮花生。”

“好好好，”老太太立马答应，又问，“还要吃别的吗？”

“没有了。”

“别哭啦，都是大姑娘了怎么能这么爱哭鼻子呢？”老太太笑她。

眼泪“啪嗒啪嗒”往下掉的舒念死不承认，带着哭腔闷闷地说：“我没哭。”

语气听起来像小猫在撒娇。

等她挂了电话回到座位，发现宋祺声不在位置上了，但书还在。

舒念刚用纸巾将脸上的眼泪擦干净，宋祺声就双手潮湿地从卫生间的方向走了过来。

他坐下，从书包里拿出一包纸巾，打开包装后抽出一张纸将手擦干净，随即继续低头看书。

这天省图书馆闭馆时，舒念收拾了东西背着书包从馆内出来。

宋祺声已经先她一步离开了图书馆。

舒念走到公交站牌时，才看到他就在附近的路边，动作随性地跨坐在单车上，正低头摁手机。

旁边还有两个男生也分别骑着单车，其中一个正是开学第一天在舒念自我介绍时说听不清的那个男生蒋枫，他的车筐里放着一个篮球。

舒念听到蒋枫问："声哥，你干吗呢？"

另一个直接抬腿踢了宋祺声的自行车一下，笑道："走不走？"

宋祺声"嘶"了声，语气不爽："季星朗，收好你的蹄子。"又解释道，"等会儿，发消息呢。"

"哟，给谁发消息呢？女孩子吗？"蒋枫闹他。

宋祺声笑骂了一句什么。

21路公交车在站牌处停下，舒念收回默默支棱起来听他们讲话的耳朵，踏上了公交车。

她习惯性地找了个靠窗的位置，摘掉书包坐下来。

与此同时，舒念注意到车窗外非机动车道上的三辆单车先后朝着前方驶去。

随即，公交车缓缓启动，逐渐提速，很快就超越了骑单车的男生。

宋祺声从舒念眼前出现又消失。

舒念连隔着车窗往后看他一眼的勇气都没有。

然而，须臾，那道骑单车的身影突然间又闯入了舒念的视野。

他在和另外两个同伴比赛谁骑车更快。

男生身体前倾，压低身子，两只脚飞快地蹬着脚踏板，敞开的白色外套被风高高吹起，他的黑色短发也被吹得凌乱。

宋祺声扬着嘴角，笑容干净。

前方的夕阳落下来，他的脸被映成落日的颜色。

像风一样的少年，自由而张扬，耀眼又明亮。

03 她的夏天

国庆节后一开学，又是一场班会。

杨其进这次主要说了三件事。

第一件事就是告诉同学们，他这次安排的座位是有用意的，他希望同桌之间可以互帮互助，取长补短。

第二件事是10月13号和14号那两天的秋季运动会，他希望大家积极报名踊跃参加。

第三件事是期中考试，学校把高一年级的期中考试时间安排在了11月的7号和8号，他提醒大家不要松懈。

大课间，各科的课代表忙着收假期作业，体育委员蒋枫吆喝着让大家找他报名运动会的项目。

教室里乱作一团，舒念把每科的假期作业整理好，一沓一沓地交给了各个课代表。

司凝交完作业跑过来找舒念:“念念，陪我去小卖部吧！我想买点零食吃。”

舒念笑着应：“好。”

司凝便亲昵地挽住舒念的胳膊，和她一边说假期这几天的事一边往教室外走去。

快出教室时，舒念突然听到物理课代表喊：“宋祺声！声哥！你的作业呢?”

随后宋祺声的嗓音就懒洋洋地响起：“没写，不交了。”

“一个字都没写吗？”物理课代表问，“写了几张就交几张啊！意思一下。”

宋祺声似乎笑了下，回他：“一道题都没写。”

物理课代表深吸一口气，语气佩服道：“你太牛了，不愧是物理满分的年级第一，这底气足的。”

舒念忽然觉得宋祺声很有个性。

她说不太清，就感觉他有点狂，但并不惹人厌，反而会让人觉得他挺有个人魅力。

在小卖部的时候，司凝问舒念会不会报名参加运动会，舒念想了想，抿嘴笑着摇头。

虽然她短跑还行，初中的时候也在学校拿过亚军，但那只是在江岭中学，把她放在沈城一中这样一所学生众多藏龙卧虎的地方，她那点实力应该根本排不上名。所以还是不要拉出来公开处刑了。

司凝有点纠结地对舒念说：“我还没想好要不要报名。”

舒念好奇地问：“如果报名的话，你打算报什么项目啊？”

司凝笑了笑：“我也就跳高强一点。”

舒念说：“可以试试啊。”

司凝又怕自己报名了最终拿不到名次，会拖班级后腿。

“我还是算了，万一我拖了后腿，怪丢脸的。”

舒念不假思索地说：“不会啊，只要拼尽全力就好了嘛，不要想那么多。”

司凝觉得舒念说的也对，嘿嘿笑道：“那我回去找蒋枫报名。”

舒念在小卖部买了两根草莓味的棒棒糖，给了司凝一根，自己拆开吃了一根。

这个棒棒糖舒念含到上课铃响都没含完。

第三节课的上课铃一响，还在吃棒棒糖的舒念顿时像只受了惊的小鸟，赶忙把棒棒糖嚼碎咽下去。

宋祺声已经从书立中拿出英语课本，低头翻开了这节课要讲的那页。

英语老师是个戴眼镜的中年女人，栗色短发，微微卷，她的女儿也在沈城一中上高中，和他们一届，听说学习蛮好的。

不知道是不是假期后遗症，上课没多久，宋祺声就开始打瞌睡。

舒念偷偷看了他一眼，觉得这样昏昏欲睡的他还怪可爱的。

突然，英语老师把宋祺声喊了起来："宋祺声。"

宋祺声一开始没有听见，还在闭眼睡觉。

英语老师便说："同桌，喊喊他。"

舒念登时慌张不安，她强压着在左胸腔里四处乱撞的心脏，伸出手轻轻戳了戳宋祺声的胳膊，很小声地唤他："宋祺声，醒醒。"

宋祺声稍微一激灵，蓦地睁开眼。

他目光混沌地盯着舒念，舒念被他看得脸颊发烫，她喉咙发紧地往外挤字，轻声告诉他："老师喊你。"

与此同时，英语老师又叫了宋祺声一次："宋祺声。"

宋祺声懒懒地站起来。

英语老师问他："醒了没？"

他一点都不慌乱，坦坦荡荡地回："嗯，醒了。"

可能因为刚刚睡醒，他的声音听起来略微低哑。

英语老师提问他："说一下 'impressive' 这个单词是什么意思。"

宋祺声蹙了蹙眉，好像没有听懂这个单词是什么。

英语老师又说了一遍："Impressive."

宋祺声还是没想起来，也许是才睡醒，大脑还在启动中，还没反应过来。

“抱歉，老师，”他如实道，“我不知道。”

英语老师说：“来，同桌回答一下。”

舒念乖乖站起来，轻声回答：“形容词，印象深刻的。”

英语老师很喜欢舒念，因为她的英语成绩在全年级数一数二。

英语老师问宋祺声：“宋祺声，记住了吗？”

他的脸上挂着笑，回老师：“记住了。”

英语老师又问他：“那你说说‘一个印象深刻的人’的英文。”

宋祺声想了想，回答：“A impressive person.”

英语老师沉默了。

“舒念，”心灵受伤的英语老师只好在最让她引以为傲的学生这里找慰藉，“你觉得‘一个印象深刻的人’怎么说？”

舒念觉得这样好尴尬，但也只能乖乖回答问题。

“An impressive person.”

英语老师特别欣慰地点点头，然后对宋祺声说：“祺声啊，我看你其他几科成绩都挺好的，怎么就英语不行呢？咱能不能多花点时间提高英语？”

宋祺声依旧淡淡笑着，应道：“好的老师。”

英语老师很操心地叮嘱他：“你们班主任为什么要让你俩同桌？不就是想让你有不会的英语题多问问你同桌吗？你守着英语年级第一，这时候不问还要等到什么时候啊？等到你们下次调座分开？那就晚了。”

“平常没事多问问，多交流交流，对你有好处。”

宋祺声还是那副样子，笑着答应：“知道了老师。”

“行了，你俩都坐下吧。”英语老师说到最后又忍不住念叨宋祺声，“别再睡了啊。”

“好。”宋祺声点头。

舒念低着脑袋，脸颊上已经染了一层薄薄的红晕，就连耳朵都变成了粉色。

她捏着笔，一直在笔记本上记单词，但是脑子里一个都没记住。

宋祺声接下来确实没在英语课上睡觉了，但是一下课，他就没骨头似的趴在了桌上，又闭上眼睡了。

司凝跑过来，跟舒念说她报名了跳高，舒念笑着，小声跟她说：“加油！”

后来司凝离开，舒念便提前拿出下节数学自习课要做的试卷来，开始做题。

她低着头，很认真地一道题一道题在草稿本上挨着计算，再把最终答案填到试卷上。

舒念有个非常好的习惯：她从来不随便在草稿本上胡乱写解题步骤，她会按照顺序一道题一道题地打草稿，写步骤，每一步都很清晰，这样以后复盘哪里出错也一目了然，很容易就能找到问题出在哪儿。

宋祺声在上课铃声响起时才慢吞吞地坐起来。随即，他将十指交叉，向上反折，伸高双臂，懒洋洋地伸了个懒腰。

后桌的男生见宋祺声这么困，好奇地问：“声哥，你昨晚干吗了，怎么这么没精打采的？”

宋祺声笑了下，压低声线说：“打游戏。”

“什么游戏？英雄联盟吗？”

宋祺声“嗯”了声，然后开玩笑道：“刚才做梦都在推塔。”

舒念虽然听说过这个游戏，但她并不了解。

这晚回到家里，她用父亲给她准备的笔记本电脑下载了英雄联盟这个游戏。

舒念难得拿出半个小时的时间来摸索这个游戏怎么玩，可奈何她在玩游戏方面实在没天分，最终选择了不再挣扎，关掉游戏界面，继续学习去了。

10月13号，沈城一中的秋季运动会拉开帷幕。

13号、14号全校不上课，学生们可以在学校里自由活动。

舒念没有报名项目，被司凝拉着穿梭在运动场的各个角落，看别人比赛。

她从司凝嘴里得知宋祺声报了男子100米短跑。

这个项目在13号上午就开始预赛了。

舒念被司凝挽着胳膊，站在跑道内侧的草坪上，等着一会儿就要进行的100米短跑小组赛。

宋祺声在第2组，第4跑道。

枪响后，看台上的加油声震天响，过来看短跑比赛的10班同学都在为宋祺声加油，舒念旁边的司凝也非常大声地喊："宋祺声！宋祺声！宋祺声冲啊！！！"

宋祺声也不负众望，拿到了小组第一名，顺利晋级了决赛。

舒念甚至都没反应过来。

她只看到宋祺声飞起来一样从她面前一晃而过，然后终点的红线就被他闯完了。

舒念周围好多都是本班的同学，大家激动地跳起来，高声呐喊着宋祺声的名字，欢呼声一阵高过一阵。

舒念只望着冲过终点线又继续往前跑了一段距离的男生。

他穿着一身夏季校服，高高瘦瘦的，像抽枝拔节的白杨。

挺拔的后背上贴着参赛的号码，07。

她不知道，自己也在笑。

为他赢得了第一。

大概是听到了大家在喊他，宋祺声转过身来，看向这边。

男生张扬自信地笑着，举高手冲着这边挥了挥。

男子100米小组赛结束后就轮到了女子100米小组赛。

就在这时，负责这次运动会的体育委员蒋枫急匆匆地跑过来，大声问：“有没有女生愿意临时上场比赛100米短跑？”

正在为跳高比赛热身的司凝不解道：“蒋枫，怎么了？”

蒋枫着急上火地说：“萧晓刚才在下楼时摔了一跤，脚崴了，没办法再比赛，老师说可以找人替一下，但是如果找不到，咱们班这个项目就只能弃权了。”

他说完又扬声问：“女生们！你们谁来救救场啊！就算为了班级荣誉。姐姐们，求求你们了！”

并没有人肯站出来。

可能大家都觉得自己没办法把这个任务做好，很有压力。

“不行啊，”司凝说，“我跑步很差的，我干不了这活儿。”

蒋枫都快急死了。

“我要是女生我就上了，”他说，“不用你们非得拿名次，重在参与，尽力就行，总好过直接弃权认输吧？”

一直没说话的舒念鼓起勇气，慢慢举起手来，不太确定地轻声问他：“体委，你看我行吗？”

“行啊行啊，”终于有人肯救场了，蒋枫差点喜极而泣，他毫不吝啬地夸赞舒念，“好人！在我眼里你就是第一！”

舒念笑开了，说：“那你带我过去吧，得拿参赛的号码牌吧……”

“要的，”蒋枫对她招招手，“跟我来。”

舒念捏了捏司凝的手心，眉眼弯弯地对她说：“加油啊凝凝。”

“你也加油！”

司凝就快跳高比赛了，肯定赶不上舒念的小组赛，她便对蒋枫喊：“蒋枫，替我给念念喊加油！”

蒋枫拍拍胸脯："包在我身上。"

舒念脱掉校服外套，蒋枫主动伸手接过来："我帮你拿着。"

"谢谢。"舒念礼貌地道谢。

随即就有女孩子过来帮她将参赛的号码分别贴在了前腹和后背上。

舒念是15号，她抽到的签是第1小组，第8跑道。

很快，舒念就站到了跑道上。她稍微活动了一下脚踝，在原地抬高腿跑了几下。在裁判让准备的时候，舒念做好助跑的姿势。

"预备——"

一声枪响，舒念立刻冲出起跑线。

"舒念！舒念快跑啊！加油冲！！！"蒋枫高声给舒念加油的时候，宋祺声走了过来。

他笑着踢了蒋枫一下，揶揄他："嚎破音了。"

蒋枫顾不上跟宋祺声计较这些，他亲眼看着舒念飞快地冲向终点，最后以第二名的小组成绩结束了小组赛。

蒋枫惊喜地跳起来："没想到舒念平时看起来文文静静的，跑起步来气势很强啊！"

"我觉得萧晓都不一定能跑小组第二，她居然跑了第二，这肯定能进决赛了吧！"

宋祺声笑了声，给蒋枫泼冷水："不一定，要看用时，这一组整体慢的话，没准小组第一都没办法进决赛。"

蒋枫望着录完成绩往回走的舒念，开心地笑弯了眼，回宋祺声："我觉得舒念能。"

宋祺声偏头看了看蒋枫，又瞥了眼蒋枫手里拿的这件校服，写着舒念名字的胸牌刚好露出来。

宋祺声没再说话，转回头看向了别处。

舒念本来是要过来拿留在蒋枫这里的校服的，可是她发现，宋祺声就在蒋枫身边站着。

但她又不能不要校服了……

舒念只好佯装镇定，往这边慢吞吞地走来，最后停在蒋枫和宋祺声面前。

她从蒋枫手中接过校服，听蒋枫兴奋地夸她：“舒念，你真的很棒！跑得好快！”

舒念嘴笨地不知道该说什么才好，只腼腆笑了笑，脸蛋红红的像颗红苹果。

“我去找司凝。”她蹩脚地小声说完，立刻就转身往跳高的场地快步走去，全程都没敢抬眸看宋祺声一眼。

舒念一边走一边把校服外套穿好，然后抬起双手，轻轻拍了拍烫烫的脸颊，又深深舒了一口气调整。

下午的100米决赛，宋祺声在男子组拿了第一，舒念在女子组拿了第五。

舒念尽力了，她自己也觉得这个成绩已经很不错了，她一开始甚至没想过自己会冲进决赛。

运动会的第一天，舒念和司凝玩了一整天。

第二天两个人都没什么项目，舒念就没再在学校里瞎跑着玩，她一个人坐在教室里，刷题，看解析，自己理解知识点，然后做同类型的题加深印象。

蒋枫中途回来，看到舒念一个人在教室里学习，很意外地问：“舒念，你怎么自己在教室？”

舒念抬头看向他，浅浅笑着回：“想学一会儿。”

蒋枫了然地点点头，走到自己的座位那边，把外套放下，从桌屉里拿出一罐可乐，来到舒念课桌旁。

他把可乐放到舒念的桌上：“给你喝。”

舒念受宠若惊，又有点无措，她急忙摆手拒绝：“不用不用，我不喝……”

“拿着吧，或者你想喝其他的，我去给你买。”蒋枫说。

“昨天真的谢谢你救场，不然咱们班短跑项目就开天窗了，总分肯定也会差不少。”

舒念嗓音温软道：“是我该做的，为了班级荣誉嘛。”

等蒋枫离开后，舒念才想起来，她忘了让他把可乐拿走。

她咬了咬嘴唇，只好拿起可乐，站起来走到蒋枫的座位旁，把可乐放回他的桌上。

等舒念再转身要往回走时，宋祺声刚好从外面走进来。

舒念以为他就是回来喝口水或者拿个东西，很快就走。她想回座位，又怕尴尬，于是就从教室后门拐出去，去了趟卫生间。

舒念想的是，等她再回来，宋祺声肯定已经离开教室了。

然而，等她从卫生间回到教室时，宋祺声正趴在课桌上睡觉。

舒念不自觉地放轻脚步走回座位，动作慢慢地坐好，拿起笔继续做自己的题。

教室里很安静，只有他睡觉的清浅呼吸声，和她用笔在纸上写字的沙沙声。

临近中午，窗外的阳光洒落进来，落到他的脸上，明亮的光线让他无意识地蹙紧了眉。

舒念很想用书给他挡一挡阳光，又怕这样做太过逾矩，最终也只是想想。

宋祺声很快就将脸换了个方向，本来是背对着她的，这下直接面朝她。这样阳光就照不到他的脸，只落在了他的黑发上。

他眼珠在眼皮下动了动，好像是在做梦。

后来舒念再回忆和宋祺声有关的点点滴滴，才意识到，这个中午是高中整整三年间，他们在学校里唯一单独相处的时光。

尽管他们全程没有任何交流，可舒念却在之后的无数个日日夜夜，总能回想起这个秋日正午，想起这个安然入睡的少年。

她突然有点想知道他梦到了什么人什么事。

舒念很羡慕能进入他梦境的人，这样耀眼的少年，做的梦肯定也是美梦。

04 她的夏天

这次的秋季运动会，高一10班总积分第一，学校给的奖励是让他们班去秋游一天。

这个周六就出发。

杨其进安排的是先带他们去津海大桥看日出，再去植物园玩。

大家都开心疯了，当晚回家就收拾秋游要带的零食和用品。

第二天五点钟同学们在校门口集合。

为了好统计人数，班主任要求大家按照教室里的座位坐。

这就意味着，同桌要坐在一起。

宋祺声这次没有坐里面，他让舒念坐了进去，他在外侧，靠近过道。

舒念规规矩矩地坐在座位上，望着车窗外。

因为要去看日出，他们集合很早，大巴从校门口出发赶往津海大桥时，天还黑着。

大巴车里开着灯，车窗上映出来的都是大巴车内的画面，几乎看不到外面的街景。

舒念却一直盯着车窗往外看。

过了一会儿，舒念掏出手机，对着车窗外的景色拍了一张照片。

而她重新翻看这张照片时，发现车窗上倒映出宋祺声的影子，他正在低头看着手机笑。

大巴车到津海大桥时才五点半。

班主任在路上对他们强调了很多次，不能乱跑，就在桥上看日出，看完他们还要上车赶往下一个地点。

大家全都乖乖地答应，说好。

下车后，司凝拉着舒念沿着大桥上的非机动车道往前跑。

来到桥中央，他们扶着栏杆眺望。

远处深蓝色的天际正露出鱼肚白，有光晕逐渐蔓延晕染。不多时，太阳沿着地平线缓缓升起，橙红色的光芒不断地扩散着，将蓝色的天空染红。东方的天空已经慢慢明亮起来，而西侧的天际依然被未褪去的黑夜包裹着、沉睡着。

司凝把手机塞给舒念，让舒念给她拍照。

舒念举着司凝的手机，在司凝摆好姿势后，她对司凝说："凝凝，你的脸向左偏一点。"

司凝照做，目光望着远处，问舒念："这样吗？"

舒念笑道："对，保持住啊，不要动。"

她摁下拍照键，快速地帮司凝拍了三张。

"好啦，"舒念拿着司凝的手机走到司凝身边，把手机还给司凝，"你看看怎么样。"

司凝点开照片，身后的朝阳在镜头下光芒四射，而她站在光中间，脸颊被光线照得半明半暗。

整张照片格外有氛围感。

司凝特别满意道："念念，你好会拍！"

她拉过舒念，让舒念倚靠着栏杆，对舒念说："念念你也侧过头，就跟我刚才一样，我要给你拍一张和我一样的闺蜜照。”

舒念被司凝逗笑，眉眼弯弯地偏头看向另一边，结果正巧看到宋祺声正举着手机拍东方的朝阳。

他刚好拍完收回目光，舒念怕和他视线交会，急忙微低了点头，垂下眸子盯着栏杆看起来。

看完日出后，大巴车从津海大桥出发，驶往植物园。

植物园距离市区比较远，在路上耗费了快两个小时才到。

杨其进和班长齐贺去售票窗口帮全班同学买票。

买完票，在班主任的带领下，大家顺利地进入了园内。

一众人走走停停，男孩子不断拍风景，女孩子找各种好看的背景和角度和小姐妹拍照。

中午的时候，班主任组织大家在草地上休息。

有同学特意带了野餐布过来，这会儿几个人一起把野餐布展开铺好，大家把自己背包里的零食全都倒出来，互相分享着吃。

蒋枫甚至还背了一把吉他来。

他打开吉他盒，从里面取出吉他，弹了一首《晴天》。

班上的女孩子随着调子哼出歌词：“刮风这天我试过握着你手，但偏偏雨渐渐，大到我看你不见，还要多久我才能在你身边。”

舒念安静地吃着零食，听着他们弹吉他唱歌。

十月中旬中午的阳光明亮温暖，微风吹拂着脸颊，带着丝丝的凉。

难得逃出了学习的时间，她很惬意地眯着眼，慢慢咀嚼着饼干。

感觉此时此刻的一切都很好。

司凝走过来，舒念把手中的饼干盒递过去，浅笑着问道：“凝凝，吃吗？”

司凝捏了一块填进嘴里，然后拆开她拿来的威化饼干，让舒念吃。

舒念拿了一小块，咬下去后，浓郁的巧克力味瞬间在嘴里化开。

她眉眼弯弯地说："你这个好吃，我回去也要买。"

带来的零食获得了好朋友的喜爱，司凝也很开心。

她说："这个威化饼有好儿种口味，这个是提拉米苏味，还有一个榛子味的也挺好吃的。"

舒念了然地点点头，笑盈盈道："那我到时候都买来尝尝。"

她说着，又拿了两瓶AD钙奶，递给司凝一瓶。

两个女孩子分享零食的时候，他们背后又响起了吉他声。

舒念起初以为还是蒋枫在弹吉他，直到身后响起清朗的嗓音，她蓦地转过了头。

宋祺声坐在一块石头上，抱着吉他边弹边唱着一首英文歌。

这首歌大家都很熟，因为高一年级每周四上午会统一播放听力，每次周四上午下了第三节课，教室里的扬声器就会提前播放一些英文歌。

这首歌就是他们每次听听力前，英语老师会在广播里播放的那首西城男孩的*My Love*（《我的爱人》）。

宋祺声弹着吉他唱："The days we had,the songs we sang together...（我们在一起的时光，我们共同吟唱的歌曲……）"

他的嗓音很干净，带着少年的青涩，又莫名的很性感。

过了片刻，大家也跟着他一起轻轻唱起来："So I say a little prayer,and hope my dreams will take me there,where the skies are blue,to see you once again,my love...（我稍稍向上帝请求，并希望我的梦能带我到那儿，那儿有湛蓝的天空还有你美丽的笑容，我的爱人……）"

舒念也被感染到，很小声地跟着一起轻轻唱："And oh,my love,I'm holding on forever,reaching for the love that seems so far.（还有你，我的爱人，我始终坚持着，得到一份爱却是那样遥不可及。）"

宋祺声弹着吉他唱完，班上有女生很大胆地说："宋祺声，你唱英文歌很好听欸！再唱一首吧！"

这话一出，瞬间得到了不少同学的附和。

宋祺声也没扫大家的兴致，又弹唱了另一首英文歌，也是他们会在英语听力课之前听到的一首*As Long As You Love Me*（《只要你爱我就好》）。

到今天为止，舒念跟他做了一个半月的同学，对他自然不是一无所知，她从司凝嘴里听过一些关于宋祺声家境的传闻。

司凝告诉舒念，她听齐贺说，宋祺声的父母都是科研工作者，工作保密性极高，而他的爷爷奶奶，又都是知名大学的老教授，在学术界非常有威望。

他是天之骄子，注定生来就会被仰望。

而她普通、平凡，站在人群中，根本不会有人注意。

他们不是一个世界的人。

哪怕会有短暂的交集，最终也只能各自回归不同的轨道。

舒念从不妄想能跟宋祺声扯上什么关系。

现在他们是同桌，这个关系就已经让她很开心很满足了。

她是幸运的。

至少能跟这样优秀的人做同桌。

等宋祺声唱完，班主任杨其进走过来，调侃他："每次考试英语总是差那么点，唱英文歌倒是挺顺溜。"

宋祺声笑说："老师，这不一样，完全是两码事。"

杨其进也不跟他争辩，就只问他："知道我为什么让你跟舒念当同桌吧？"

宋祺声似乎有点头疼，有点敷衍地点点头说："知道知道。"

"你不会的英语题请教过你同桌吗？"杨其进显然没打算这么放过他，穷追不舍地问。

宋祺声："……"

“把握好机会，有问题赶紧问，期中考试后我还会调作的，到时候你们可不会再继续是同桌了，别错过了再后悔。”杨其进提醒宋祺声。

宋祺声拨弄着吉他，语调带着点漫不经心：“好的老师。”

舒念听到这番话，心里突然升起一股失落和难过。

期中考试后他们就不再是同桌，也就意味着，再过二十多天，她和他在空间上的距离，就又变远了。

对他们这些高中生来说，学校里和自己在空间上距离最近的人，就是同桌。

两张课桌相挨，同桌之间的空间距离就是零。

植物园有个很大的音乐喷泉，每天下午三点开放，到时候游客还能往音乐喷泉池中投币许愿。

班主任杨其进特意带了一袋硬币过来，分给每一个同学，让他们可以许下自己最想实现的愿望。

舒念捏着硬币，看向不远处男生堆中最耀眼的那个男生，很快就收回了目光。

她将硬币放在掌心，双手合十，十指在胸前交叉相握。

舒念闭上眼睛，在震天响的音乐和周围嘈杂的环境中，默默地许下了她的愿望。

——我希望，奶奶平安健康，长命百岁。

——我希望，三年后我能顺利考进沈大英语专业。

——我希望……

然后，舒念睁开眼睛，把手中的硬币抛了出去。

与此同时，另一边的宋祺声也将他的硬币投进了音乐喷泉池内。

新的一周，第一天就开始下雨。

周一下了一天的秋雨，雨势还不小。傍晚临近放学时，这场雨终于停了，但路上有很多积水。地势低的地方，积水能到人的小腿。

可是他们要出学校，就必定得蹚水走。好多同学都把鞋子和袜子脱了，将校服裤子挽起来，光脚下水走。

也有人就这样直接下水的。

司凝的爸爸直接开车到学校门口，蹚水过来把司凝背了起来。

司凝对她父亲说："爸爸，爸爸等一下，带上我朋友一起走吧。"

"念念，"她喊舒念，"你跟我们一块走，我爸开车送你回家。"

舒念连忙摇头拒绝说："不用了不用了，我坐公交车回家就可以，很方便的。"

"可是……"司凝还没说完，舒念就笑着对她挥挥手："我真的可以的，不用担心我，你快跟叔叔走吧，天这么凉。"

司凝拗不过舒念，只好和父亲走了。

看着司凝被爸爸背着的身影，舒念站在教学楼前的台阶上有片刻的失神。

待他们离开了，舒念见这雨依旧没有暂停的趋势，犹豫了片刻，还是决定只把裤子挽起来就行了。她弯腰将裤腿挽起来，然后下了台阶，沿着路往前走去。

到了有积水的路段，因为水比较浑，根本看不清水下的路，舒念就用雨伞在前面杵地探路，以防会遇到井盖被冲走的路。

可是，哪怕她已经这样小心翼翼了，却还是差点摔倒。

眼看舒念几乎整个人都要跌进水中，一只手突然伸过来，抓住了她的雨伞。

电光石火间，舒念只觉得手中的雨伞被人用力往另一边拽去。

她也因此稳住了身体，没有摔倒。

舒念的目光率先落在那只握着她雨伞的手上。

骨节分明的手指生得很修长，指甲被修剪圆润，是很漂亮的手。

舒念仰起头，然后就看到了宋祺声的脸。

她慌乱地颤了颤眼睫，赶忙对他道谢。

女孩子声音很轻地说：“谢谢……”

宋祺声将将能听清她的话。他略带散漫地回她：“不用。”说完就松开了手。

接下来，舒念继续往前走，宋祺声始终在她身边不远处。

舒念没敢再看他，直到蹚出积水路段，她有点不适地活动了一下双脚，总感觉鞋子里还有水，沉甸甸的。

舒念不太舒服地踩着湿透的鞋子往前走。就在这时，宋祺声的话语在她身侧响起。

他问：“你有不会的物理题吗？”

舒念不确定他是不是在跟自己说话，但她有点不受控地看向了他。

宋祺声正垂眼望着她。

一瞬间，两个人目光交会，视线相撞。

舒念的脸颊“腾”地一下，变得热烫。她还不知道自己的脸开始红了，只在大脑死机之前如实回答了他的话：“有，很多。”

宋祺声被她的“很多”逗笑，问：“那你怎么不问我？”

舒念哑然，她不知道该怎么回他。

宋祺声说：“看你天天低头学习，上课学下课也学，你不问我物理题，我也不好意思打扰你问你英语。”

舒念没想到他是因为不好意思打扰她学习才一直没问她英语。

她张了张嘴，温软道：“没事的，你有不会的就叫我。”说完又很笨拙地小声补充了一句，“不会打扰。”

“好，”宋祺声嘴角盈着淡笑，“那我明天找你问。”

舒念轻轻点了点头。

“车来了。”宋祺声突然提醒她。

舒念转头一看，果然，通往她家的52路公交车正在缓缓驶向站牌。

她慌忙抬手对宋祺声挥了挥，快速地对他说了句：“再见。”人就朝着站牌跑去。

等上了公交车，舒念才逐渐缓过神。

她刚刚和宋祺声说话了。

还是他主动搭的话。

舒念无意识地翘了嘴角，笑起来。

因为这件事，她的脸上一路都盈着浅笑。

到了家里，舒念一进家门就撞见了先她一步回到家里的父亲和继母。舒思谦和苗羽全都注意到了舒念挽着裤腿，脚上的鞋子和袜子都湿透了。

舒思谦问舒念：“鞋子和袜子怎么湿透了？”

舒念又想起了司凝的爸爸到学校里去接司凝，还背着司凝蹚水走。

她说：“学校里有段路地势低，今天下雨积了水，但是放学出学校又不得不经过那段路，只能蹚水过。”

舒思谦皱皱眉，对舒念说：“快去洗个澡。”

苗羽关切地嘱咐舒念：“念念你记得用热水泡泡脚，寒从脚起，别着凉了。”

“好。”舒念应着，转身上了楼。

因为这场秋雨，沈城的气温突然降了下来，本来穿卫衣就可以，这下需要穿毛衣才行。

隔天，舒念穿了一件红色的毛衣，外面套着校服外套。

宋祺声也换了毛衣。男生穿着高领的奶杏色细线毛衣，衬得他的肤色更加白，整个人看起来干干净净的。

上午大课间，他从外面回来，走过来用手指点了点舒念课桌的边缘，舒念便起来给他让路，让他进去。

这段时间他俩都是这样交流的。

宋祺声拿出被他勾了错题的英语试卷，对重新坐到座位上的舒念说："现在可以吗？给我讲几道英语题。"

舒念连忙点点头，回他："可以的。"

宋祺声把试卷往她这边推了推，指着被他用红笔勾出来的题："这个，为什么选of，而不是for或者to？"

舒念看了眼题，告诉他："这个是固定搭配，记住就行了。"

宋祺声似乎有点无奈："行吧。"

"那这道呢？"他又指了另一道。

舒念继续看题，然后给他讲。等把他不会的英语题解决完，宋祺声对她说："你有不会的物理题也可以问我。"

舒念拿出她整理错题的本子，翻开，在里面找到一道电路题。她最发怵电路题型，完全搞不懂。

宋祺声拿过他的草稿本，在他的本子上画下电路图，然后一步一步地给她讲，开关1和2合上，开关3断开是怎样的电路，开关1和3合上，断开2又是怎样的电路。

他把每种情况都一一给舒念分析完，见舒念还是有点不懂，就问她哪里不懂，把她不懂的地方又耐心地给她讲了一遍。

25分钟的大课间，两个人坐在座位上你给我讲题我给你讲题。

从这天开始，宋祺声有不懂的英语就会主动问舒念，舒念也会向他请教物理题。

他们两个在给对方讲题这方面，相处得非常融洽和谐。

但又很默契地配合只在给对方讲题的时候话才会多，平常依然不怎么闲聊交流。

舒念是根本没办法自然镇定地和他聊天，至于宋祺声，舒念觉得可能是因为他并不喜欢跟女孩子聊天。

她几乎没见过宋祺声跟哪个女生聊得热火朝天。

天越来越冷，距离期中考试也越来越近。

11月7号期中考试那天，沈城刮大风。

安静的考场里总能听到外面呼呼的风声，甚至有时会吹得教室的门窗躁动。

两天的考试结束，舒念从考场回教室，到教室时，已经有不少同学回来了。

大家都在恢复自己的座位，忙着把自己放在教室外面走廊里的书本都搬进来。

舒念走到自己的座位旁，意外发现她的课桌已经恢复原位了。宋祺声的也恢复了原位，而且他的桌上已经放好了他用书立夹好的书。

舒念把考试专用的透明文件袋放到桌上，走到教室外面搬书。

但是书太多了，舒念根本不好一次性搬走。

就在她打算把书立中的书拿出一些来时，宋祺声的清朗的嗓音从她身后传来。

他问："要不要我帮你？"

舒念转头看向他。

她下意识就想拒绝，舒念不愿意麻烦别人，自己分批搬，也就多跑一两趟的事。

可，就在她摇头拒绝的前一秒，宋祺声又说："我帮你搬吧。"

他把他手里那几本书交给舒念，让她去旁边。

舒念稀里糊涂地站起来，抱着他的书走到一边，给他让了地。

宋祺声弯腰，双手分别摁在左右书立上，稍微一用力，被书立夹着的所有书整整齐齐地被他搬了起来。

男生的手背上青筋微鼓，纹路格外清晰明显。他抱着她的书率先走进教室，舒念怀抱着他的书默默地跟在他身后。

她忍不住偷偷看了他一眼。

很高，很帅。

等宋祺声把她的书放在她的课桌上，跟着过来的舒念就把他的书还给了他，然后对他轻喃："谢谢你。"

宋祺声笑了笑，没说话。

舒念没有问宋祺声她的课桌是不是他帮忙搬好的，但她感觉是他，他是一个很好很好的男生。

期中考试的成绩在三天后出了结果，舒念这次在班里排名24。

她已经从最开始的倒数爬到班级中游偏上了。舒念很希望自己下次考试能挤进前20名。

但期中考试的成绩出来，也就意味着，要新一轮调座了。

这天傍晚，班主任杨其进带着新的座位表来到了教室，让大家在过周末假期之前把座位先调好。

从这天开始，舒念和宋祺声不再是同桌。

05 她的夏天

这次杨其进又恢复了按身高排座位，舒念也重新跟司凝成了同桌。

宋祺声又去了最后一排。

不过这次不靠近窗了，而是靠近教室后门。

于是，接下来一个月，舒念从后门进出教室的频率明显多了起来。

天气越来越冷，大家已经从秋季校服外套换成了学校发的浅灰色冬季羽绒服。

舒念每天按部就班地学习。

因为她性格慢热又内敛，朋友圈很小，在班上交好的朋友寥寥无几，在学校也只和司凝形影不离。

步入十二月份，距离高一上学期的第二次月考越来越近。

舒念还是和之前一样，上课认真听讲，下课也基本不离开座位，总低着头看书。

或许在别人眼中，她就是个内向的书呆子。

只有舒念知道，她得抓住每一分每一秒，才能慢慢往前追赶。

不然站到宋祺声那个高度对她来说，只能是望尘莫及。

十二月中旬，舒念在第二次月考中排名20。

她如愿挤进了班里前20名，虽然也就才够到尾巴，但她很满足。因为她所有的努力，都得到了最好的反馈。

这次班主任按照成绩排名，舒念没能再次被安排和宋祺声坐同桌。而是和蒋枫成了同桌。

蒋枫是个很活泼的男孩子，话也很多，有点憨憨的。

他对她很热情。

舒念的水杯从来不会在晚上带回家，而是一直放在教室的课桌上，等第二天到了学校，她会去水房接热水，再用灌满热水的杯子暖手，等水变温了喝。

自从她和蒋枫做了同桌后，她每天清早来到学校时，课桌上的水杯就已经装满了滚烫的热水。

舒念问蒋枫："是你帮我接的水吗？"

蒋枫笑着说："刚好我也要接水，就顺便帮你一起接了。"

舒念有点局促地对他说谢谢，然后又略带窘迫地跟他说："不用麻烦你的，我自己可以。"

蒋枫却回她："顺手的事，一点都不麻烦。"

舒念一直都是一个很怕麻烦别人的人，蒋枫的过分热情让她很不自在。最后，她迫不得已只能在放学时把水杯带回家，第二天再带回来。

司凝知道这事儿后开玩笑说："蒋枫发什么神经啊？他该不会是……"

舒念瞬间反应过来，被调侃的脸一下子就红透了，她羞赧地皱眉嗔司凝："凝凝你别瞎说，他就是……热心。"

她现在只想好好备战，迎接两年半后到来的盛大高考,其他的，她并不愿多想，又或是那些事情对她来说是一种负担。

十二月下旬，临近平安夜和圣诞节的那个周二，司凝在大课间拉着舒念出去透气。

两个人去了学校的小卖部。

小卖部上了各种包装的平安果，价格也高得离谱。

舒念没打算买，苹果还是苹果，只是被稍加包装了而已。

她往货架那边走，打算拿几根草莓味的棒棒糖,结果一转弯，就看到宋祺声手里攥着两根草莓味棒棒糖，正站在冷柜前挑汽水。

舒念当即一愣。

他……也喜欢吃草莓味的棒棒糖?

然后舒念亲眼见宋祺声打开冷柜的门，从里面拿了一瓶北冰洋。

这大冷天的，怎么还喝冰的啊？不嫌凉吗?

舒念这么想着，在宋祺声转身的那一刹那，也转过身背对着他。

她挪到挂着好多串各种口味棒棒糖的货架前，想找草莓味的棒棒糖，可是却没找到。

最后两根估计被宋祺声买走了。

舒念在超市里逛了一圈，也没什么特别想吃的零食，最后只拿了一袋干脆面就去了收银台。

这会儿宋祺声已经离开小卖部了。

舒念正要付钱的时候，却忽然看到柜台上放着一根草莓味棒棒糖。

她指了指那根棒棒糖，问收银员："这个卖吗？"

"卖啊，"收银员说,"这是刚刚那个男生临时不要的，他付钱时现金差五毛，也没带手机过来，就撂下了一根棒棒糖，说不要了。"

"我要。"

舒念的语速不自觉地加快，又说了一遍："我要了。"

收银员对舒念说："一共一块五。"

舒念掏出手机付了钱，然后拿着东西率先走出小卖部，站在门口等司凝。

四处张望时，舒念看到刚离开小卖部的宋祺声还没走多远，就被一个戴着毛线帽的长发女生拦住了去路。

舒念甚至能听清女生说话的声音。

她听到女生对宋祺声说："宋祺声，我是4班江沁沁，这是我给你写的信。"

女生掏出一封粉色的信，递给宋祺声，大着胆子继续道："希望能收到你的回复。"

宋祺声似乎也没想到会被人突然拦在路上，他明显被吓了一跳，脚步还微微退了点。

听完女生的话，宋祺声很歉意地拒绝说："抱歉，同学，信我不能收，祝你学习顺利。"

果断坚定，又不失礼貌。

他说完，微一颔首，从女生身旁绕过，阔步走远了。

舒念拆开棒棒糖的包装，把棒棒糖含进嘴里。

周五放学前，舒念突然收到了一个装在精美的包装盒中的平安果。

她问了司凝，司凝说不是她。

那就只有一个可能了。

是蒋枫给的。

舒念把平安果礼盒原封不动地还回去，却又被蒋枫推回来。

"就一个苹果，收下吧。"他说。

舒念不肯收，又给他推回去，她小声回："不要送我东西。"

蒋枫没有再坚持，舒念心里松了一口气。

可是，等放学的时候，蒋枫突然又把这个平安果放到了她课桌上，然后男生拔腿就跑，一溜烟没了人影。

舒念全程没反应过来。

她拿起这个棘手的平安果礼盒，立在课桌旁犹豫要怎么处理。

就在舒念想把平安果放回到蒋枫课桌上时，宋祺声的声音从她身后传来。

“要我帮你还给他吗？”他问。

舒念扭头看向他，又很快垂下眼，点了点头。

她把盒子递给宋祺声，轻声说：“麻烦你帮我还给他，谢谢了。”

宋祺声没说别的，应了声好。

隔天是周六，也是平安夜。

不过对舒念来说没什么特别的。她和往常一样，一大早就背着书包去了省图书馆。在正式学习之前，舒念翻开那本《数独游戏》。

舒念现在已经爱上了解数独。

不仅仅因为宋祺声喜欢玩数独游戏，还因为舒念发现解数独会让心平静下来，而且数独很锻炼思维逻辑能力。

做完一道数独题，她把这本书放回书架。

舒念刚在自己的位置上坐下，就看到宋祺声背着书包走了过来。

他停在她斜对面，轻轻拉开椅子。在舒念诧异的目光里，宋祺声对她淡淡一笑，轻扬了扬下巴算打过招呼。

舒念惊讶地眨了眨眼。

他从来没有在周六日出现过。暑假的时候她特意观察过他出现的规律，只有每周的周二到周五他才会来这里。

今天怎么突然过来了？

舒念搞不清楚，也没有想过分探究。

他能出现，对她来说是意外，也是惊喜。

尽管他俩向来都是自己学自己的，完全互不打扰，也没有什么交流。但能看到他，舒念就已经很开心了。

中午舒念去了省图附近的一家餐馆吃午饭，又意外在餐馆遇到了正在吃面的宋祺声。

虽然天气很冷，但来餐馆吃饭的人并不少，舒念进去时，已经没有空桌了。

老板娘的热情招呼让舒念没有转身离开这个她常来的餐馆。

舒念点了一碗粉，用手机付了钱。

这几个月舒念经常在中午过来吃饭，老板娘已经对她很熟了，这会儿对舒念说："小姑娘，随便坐，跟其他人拼个桌就行。"

舒念有点社恐地不知道要去哪儿坐，让她跟陌生人同桌吃饭，她会很不自在。

这里她唯一认识的就是宋祺声，但相比之下，她跟宋祺声同桌吃饭会更不自在。

就在她打算找个有女孩子的座位拼桌时，宋祺声看了她一眼，好心道："舒念，可以来这边坐。"

舒念本来是想避开和他同桌的，可他已经开口了，她拒绝的话只会更尴尬。

她有点腼腆地笑笑，挪过去坐下，等着她点的粉被端上来。

宋祺声面吃了一半，玩起了手机上的游戏。

很快，舒念的午饭被老板娘端过来。老板娘看到他们这桌装醋的小瓶子见底了，立刻就对舒念说："我去给你拿瓶新的醋。"

舒念吃粉喜欢放醋老板娘都一清二楚。

舒念点头说谢谢，等新的醋瓶被老板娘拿过来，舒念在吃粉之前先往碗里倒了一些醋。

然后用筷子搅了搅，这才开始低头吃。

宋祺声坐在她对面，手指灵活地在手机屏幕上滑动。

一局游戏要不少时间，等他结束这把对战，舒念都快吃完午饭了，宋祺声这才把手机放下，低头快速地吃饭。

他碗里的面条都快坨了。

舒念吃好，擦擦嘴要离开时，宋祺声也刚好吃完。他先她一步站起来，拿了手机转身往外走。

舒念随后也起来，跟在他身后走出了餐馆。

今天天气晴朗，虽然气温低，但是正午的阳光照在身上，还是挺暖和的。

舒念低头看着宋祺声的影子往前走，须臾，她从兜里掏出手机来，单手拿好，另一只手在镜头下比了个剪刀手，然后摁下拍照键。

照片里，她的手在投射在地面上的影子旁边比着剪刀手。

那是宋祺声的影子。

甚至照片的上边缘还能看到一点他的鞋跟。

宋祺声下午没有待在省图书馆很久，他两点多就收拾了东西离开了，没有跟舒念打招呼就径直走了。

一直在低头学习的舒念在他离开后，抬起头望了望他离开的背影，又看了眼他坐过的位置，继续低下头做题。

周日早上，舒念起床后发现天气不太好，天空阴沉沉的，好像在预谋一场风雪。

但她还是去了省图书馆。

舒念昨天就觉得今天宋祺声应该不会再来了。

果然，整个上午他都没出现。

这个情况在舒念的意料之中，她明明早就想到了，可心里还是难免失落。

中午舒念又去了那家餐馆吃饭，今天她点了一份面。

是昨天宋祺声点的那种板面。

板面有点辣，舒念倒了不少醋，才勉强忍受辣意，把面吃完。

吃过午饭再回省图书馆，舒念就看到宋祺声经常坐的那个位子上有个熟悉的身影。

省图书馆的室内很暖和，宋祺声脱了羽绒服，身上只穿着一件白色的高领毛衣。

舒念站在他的身后，望着他的背影怔了怔。

她是真的没料到他今天还会来，而且是下午才过来。

舒念慢慢走过去，从他旁边的过道经过，来到自己的位子上，坐下。

他昨天来的时候主动朝她打招呼了。

但舒念却做不到那么自然地跟他打声招呼。

她没有说话，只低头捏着笔盯着试卷看，在心里懊恼自己没出息。就只是简单地打个招呼，她都没敢做。

现在已经过了打招呼的最好时机，舒念也只能继续沉默，努力让自己平复情绪，尽快投入题海中。

冬天昼短夜长，下午五点多夜幕就笼罩过来了。

省图书馆闭馆时，天早已经黑透了，而且不知道从何时起，天上开始飘落雪花。

舒念和宋祺声一前一后背着书包出来时，就看到漫天飞雪，眼前的世界一片素白。

地上早已覆盖了厚厚的雪毯。

舒念率先下台阶，同时对宋祺声温软道："宋祺声，再见。"

下午没能跟他打招呼，晚上要好好跟他告别。

宋祺声点了下头，淡笑着回她："再见。"

舒念踩着一地碎琼乱玉来到公交车站，在她等21路公交车时，宋祺声骑着单车从她身后经过。

车轮在雪地上碾过长长的线，就像飘荡在空中的风筝线，带着风筝越飞越远。

舒念站在公交站牌前，微微扬起脸来，看着夜空中簌簌落下来的雪花，唇边漾开一抹浅笑。

2016年的圣诞夜，她有幸和他见证了沈城的初雪。

周一，舒念从司凝口中得知他们可能快要选文理科了。这事儿还是齐贺告诉司凝的。

舒念问司凝："什么时候选？"

司凝摇摇头："我也不知道，但感觉也就这几天了。"

"你想啊，咱们元旦假期回来要冲刺期末考试，学校肯定会让大家趁元旦假期回家和父母商量，假期结束上课时就得定下来了吧？"

司凝猜对了。

十二月的最后一天虽然是周六，但因为接下来要放元旦假期，所以沈城一中今天让学生们来学校补了一天的课。

傍晚要放学前，杨其进照例给高中10班开了一场班会，主要就是跟他们说选文理科的事情。

他让班长齐贺给每个人发了一个选科的表，然后对大家说："大家先别着急填，都回家跟家人好好商量一下，决定好了学文还是学理再填这个表。"

"这个假期麻烦同学们把表格填好，妥善保管，等元旦假期结束回来后，这个表要交上来。"

"最后我再说一下啊，真心想学文的同学不用担心咱们学校文科班少，老师教学水平不行或者老师不好好教，咱们文科班的老师们都是省级优秀教师，也不存在不用心教学的情况，大家不要听信了外面的谣言，虽然咱们学校偏向理科，理科班众多，但咱们文科班也不差。"

"大家都结合自身的实际情况好好考虑，希望大家都能冷静地做选择，这关乎你们的高考。"

舒念低头看着她手中这张关于选文理科的表格，轻轻抿了抿唇。

她物理很差，化学和生物也不出挑，反而政史地这三科的成绩这几次考试都还不错。

舒念几乎没怎么纠结，就在心里决定好了，她要选文。

她得选文。

而她知道，宋祺声一定会选择理科。

可能过了这个寒假，她和他的距离就不只是同班同学了，而是文科某班和理科某班的距离。

听起来好像也没什么，不过就是不在同一个班级，可能也不会在同一楼层，但至少还在同一所学校，甚至同一栋教学楼。

可在舒念看来，这个距离已经很远了，远到从此以后他们应该不会再有什么交集。

他是一场遥不可及的梦。

舒念本以为自己选科的事情会很顺利，但却没想到，父亲会不同意她读文科。

放假当晚，舒念在饭桌上把她要选文科的事告诉了父亲和继母，父亲当即就皱眉说："不行，小念你不能读文科。"

"为什么？"舒念不理解，"我物理很差，化学和生物也一般。"

舒思谦告诉她："沈城一中是重理的，文科每年只有四个班，这四个班中还有一半是体育生和艺术生，学习氛围比不上理科班，师资力量就更别说。"

"在沈城一中念，只有读理科才有出路。"他顿了顿，又道，"而且你读文科以后找工作也不好找，现在是数理化的天下。"

舒念拧紧眉心，反驳他："怎么就是数理化的天下了？文科生毕了业照样能找到好工作，有好的发展，都看个人能力。"

"而且我们班主任都说了，我们学校文科班也很不错。"

舒思谦沉了沉气："学文科你以后报什么专业？"

舒念回他："英语专业，沈大的英语专业。"

“然后呢？是去考翻译还是考教师资格证？”

舒思谦还是不同意舒念学文科：“考翻译你能当翻译官出人头地吗？考教师资格证一个月拿几千块钱的基本工资？”

舒念憋着一股气，问舒思谦：“那你想让我学什么专业？你想让我以后做什么工作？”

“去你的公司吗？”舒念说，“我没兴趣。”

舒思谦没想到舒念平时乖乖的，较起真来这么犟。

而且这个小孩，主意大得很，他都管不了了。

舒念起身上楼，过了会儿又回来。她把这三次考试成绩的成绩条放在桌上，让舒思谦看。

“我统计了每一次考试我理综成绩的总分和文综成绩的总分，上面都有写，你可以看，我的文综分数一直都是高于理综分数的。”

舒念冷静道：“你确定你要让我放弃我擅长的文科，去理科班吗？”

“哪怕我高考时本来能通过文科班考个一本最后却只能在理科班考二本也没关系吗？”

舒思谦看着舒念的成绩条沉默。

一直插不上话的苗羽终于有机会开口，她劝舒思谦：“我觉得念念说的有道理，我支持念念读文科，你的思想早就落后了。什么数理化的天下，事实是，行行出状元，一切皆有可能，念念以后想学英语专业我也觉得挺好的啊，毕业以后选择多了去了。”

“你该庆幸念念独立又懂事，很少有孩子会在高中这个阶段有这么明确清晰的人生目标。”

舒思谦被苗羽说得更加沉默了。

这件事就这样不了了之，舒思谦没说同意舒念读文科，但也没有继续反对。

舒念隔天一早就独自坐车回了乡下。

本来舒思谦和苗羽是想开车送她回去的，但舒念不想麻烦他们，拒绝了他们好几次。

两个大人没辙，只能顺了她的意。

舒念在村口下车时，已经是中午了，奶奶正在路边等她。

老人身影单薄，站在猎猎风中，更显孱弱。

舒念跑到老太太跟前，很开心地挽住老太太的胳膊，跟奶奶慢慢往家里走去。

老家条件不如城里，但奶奶把最好的一切都给了舒念。

土炕被烧得热热的，舒念脱了鞋爬上去，一把抱住窝在炕头睡觉的白猫。

“大白，大白你想不想我呀？”舒念摸着白猫，开心地笑着问。

白猫睁开眼，用那双不同颜色的眼睛瞅了瞅舒念，很快就发出了很舒服的咕噜咕噜声。

舒念坐在热炕上，身体上的寒冷很快就被驱散，浑身都暖烘烘的。

午饭奶奶做了红烧排骨和糖醋鱼，舒念也下厨炒了个素菜。

等几道菜都被端上桌，奶奶又端来一盆煮好的花生。

是舒念之前说要吃的煮花生。

午饭过后，舒念在炕上支着小桌子写作业，白猫靠在她腿边睡觉。

老太太凑过来，笑眯眯地问她：“闺女，吃烤红薯吗？今儿上午烧炕的时候往里面塞了几个红薯，这会儿还热乎着。”

舒念眉眼弯弯地笑道：“吃！”

“对啦奶奶，你炒栗子了吗？”她问。

“炒啦炒啦，都给你留着呢。”老太太说。

“等着，奶奶去给你拿。”

过了会儿，舒念暂时从书海中抽离，和老太太坐在炕头，一边看电视一边吃烤红薯和炒栗子。

舒念贴心地给奶奶把栗子剥好，再放到她的手心。

老太太的牙口不好，有些牙已经掉了，只能一点一点地把孙女给她剥的栗子慢慢吃进嘴里。

晚上祖孙俩躺在热乎乎的土炕上，舒念跟奶奶说他们要文理分科了，她想选文科，但是父亲不同意。

老太太说："甭管他，选你喜欢的。"

舒念轻轻"嗯"了声。

舒念不知道，在她睡着后，老太太就起床披上衣服去了外屋，用老人机给舒思谦打了通电话。

大半夜接到母亲的电话，舒思谦还以为出了什么事，担心得要死，结果被他老娘数落了一顿，嫌他管舒念选文科了。

老太太毫不留情地说舒思谦："现在想起管念念来了，你早干吗去了？过去十年，她去哪儿读书，她成绩怎么样，她有没有生病，过得开不开心，你问过一句吗？哦，这会儿着急了，要让她按照你的想法来，你凭什么啊？"

舒思谦叹气："妈，我知道我亏欠念念亏欠你，这么多年也没怎么回去看过你们，你说的对，我没资格，我不管了，她想选文就选文吧。"

老太太没好气道："滚去睡你的觉吧。"

就这样，舒念在假期最后一天回到沈城后，顺利让舒思谦在表格上家长签字的地方，写了他的名字。

元旦假期结束后回到学校，大家把表格交上去。

很快，结果就被统计出来。

高一10班56个人，只有三个学生选文科，舒念是其中之一。

一个星期后，高一上学期的最后一次考试到来。

两天的考试结束，学校直接放了寒假。

从这天开始，舒念过上了每天去省图书馆学习的生活。

寒假的第五天，学生们回学校拿成绩条。这次期末考试，舒念在班里排名第18名。

她依然在进步，只是进步得比较缓慢了。

虽然学校现在采取的是学生个人的成绩条，并不公布所有学生的名次，但宋祺声是年级第一的事根本瞒不住。

大家也对他次次都能雷打不动稳拿年级第一见怪不怪了。

因为再开学就分文理班了，而且不管是读文还是读理，学校都会打乱名字重新分班，所以学校要求每个班趁学生回校，以班级为单位举办一场联欢会。

教室里的桌子被放在两侧，尽量空出地方来当作舞台。

舒念和司凝坐在角落，一边吃零食一边欣赏大家带来的节目。

齐贺让司凝上台表演节目，司凝让舒念给她作伴，和她一起唱那首《宝贝》。

舒念窘迫又害羞，她慌乱地小声对司凝说：“我不太会啊……”

司凝笑她，“念念你瞎说，你明明很会唱这首，咱俩当同桌时你经常哼。”

舒念红着脸压低声音解释：“我记不住歌词的。”

话音刚落，齐贺就把他的手机递了过来，笑着说：“帮你们搜出来了，给。”

舒念没躲掉，只能赶鸭子上架般和司凝一起唱起来。

她的声音很轻，带着几分温软，又有点清甜，还能听到一点点可爱的颤音。

在司凝的歌声下，舒念的声音更像是和声和垫音，却意外好听。

“我的宝贝宝贝，给你一点甜甜，让你今夜都好眠……”

舒念感觉大家的目光都落了过来，浑身发烫地快要烧起来。

她僵站在原地，格外不自然，眼睛只盯着司凝手中的手机屏幕，除此之外哪儿也不敢看。

就在这时，一道吉他声响起来。

宋祺声坐在教室靠后的位置，抱着一把吉他给舒念和司凝伴奏。

司凝猛地听到吉他声，抬脸看向宋祺声那边，然后笑着对宋祺声竖了个大拇指。

舒念也在吉他声响起来的时候本能地掀眸看了过去。和他的视线交会的那一刻，她又飞快地垂下眼睫。

直到这首歌结束，舒念再也没敢抬头看宋祺声。

宋祺声因为给司凝和舒念伴奏，被大家起哄去弹唱一首。

他没拒绝，直接落落大方地一手拿着吉他一手拎着凳子又到了教室中央，动作干净又帅气。

舒念已经和司凝下场回到了她们原本坐的位置。

这会儿宋祺声是全场焦点，舒念也可以放心大胆地注视着他。

他坐下来，一条腿伸直，另一条腿弯起，姿态随性自然。随即就开始了他的弹唱。

他这次没有唱英文歌，而是一首调子很舒缓的情歌。

男生穿着他常穿的奶杏色高领毛衣，搭配黑色的裤子和白色板鞋。

他抱着一把吉他，垂着眼低低地唱："在所有不被想起的快乐里，我最喜欢你。"

舒念一下子被这首歌吸引了。

这晚回到家，舒念搜了宋祺声今天在教室里唱的那首歌。歌名叫《喜欢》，是歌手张悬唱的。

舒念心生欢喜。

因为她今天和司凝合唱的那首《宝贝》，也是张悬的歌。

原来他们会听同一位歌手的歌曲。这让她很是开心。

后来每次看到弹吉他的男生，舒念都会想起，在高一10班的那个教室里，曾经有一个干干净净的少年，抱着一把吉他，唱着张悬的歌。

也是从这天开始，舒念最喜欢的一首歌，就是这首《喜欢》。

06 她的夏天

2017年1月18号，舒念的寒假开始了。

不过她没有在沈城住，而是回了江岭老家。

舒思谦和苗羽开车把她送回去的，两个人也在老家住了一晚，第二天才返程。

在老家的每天，舒念都在热炕上支一张桌子，她坐在热炕上写假期作业。

而大白，就乖乖地靠在舒念身边，安静地陪着努力学习的她。

桌子上每天都铺满了她的书本和试卷，只有吃饭的时候才会短暂地变成一桌饭菜。

江岭的冬天寒冷干燥，会经常下雪。

腊月二十八，舒念清早一睁开眼，就看到窗外银装素裹，院子里种的柿子树都被雪压弯了腰。

她穿上衣服跑到院子里，老太太正忙着清理一条窄窄的、可供人行走的路。

舒念跑过来，从奶奶手中拿过扫帚，帮奶奶清扫出一条路。

吃过早饭，舒念没有立刻拿出试卷写题，她穿上棉服，戴好围巾和手套，走到院子里还覆盖着厚厚一层雪的地方，开始滚雪球。

舒念一个人在院子里玩得很开心，她弯着腰，将雪球越滚越大，最后做成了一个雪人。

舒念从家里的五子棋盒中拿出两枚黑色的棋子，按在雪球上给雪人当眼睛，然后又从旁边找到两根“Y”字形的树枝，当作雪人的手。

最后把一个红色的小盆扣在了雪人的脑袋上，给雪人当帽子。

她做完这一切，跑回屋里拿手机。

舒念打开手机的相机，对着雪人拍了几张照片。

回到屋里，舒念急忙脱掉鞋上炕，把脚伸到被子下面暖着，手也摁在炕上取暖。

须臾，她的手稍微热乎了点，舒念拿起被她放在旁边的手机，从刚才那几张照片中选了一张，又在相册里找了一张这几天她给大白拍的照片，发了一条带有两张照片的说说。

没过几分钟，舒念刚拿起笔打算写作业，手机就响起了QQ传进消息的提示音。

舒念拿起手机，看到是江恬给她发的消息。

江恬：念念，年后我们见个面吧？你这次回来我们还没见面呢。

舒念和江恬虽然在同一个乡里，但两个人并不同村，两家的距离也不算近，所以她们之前也只在学校里才会天天在一起。

自舒念去了沈城念书后，她俩就没再见过。

舒念也挺想江恬的，毫不犹豫地答应：好啊，到时候我们在哪儿见？

江恬说：我家搬到县里了，你来县里，这边好吃的好玩的比较多，我们可以好好逛。

然后又开心道：到时候还可以住我家，我们睡一张床！

舒念欣然应允：好！

和江恬确定好见面的时间，舒念就继续做题了。等她中午吃饭时，拿起手机才看到司凝一个多小时前给她留的评论。

司凝：啊啊啊，感觉你那里的景好美啊！逃离了高楼大厦，我也好想去体验体验！

舒念笑着回她：来呀，来了跟我一起住。

司凝：等我！总有一天我肯定要去找你玩！

腊月二十九，舒念和奶奶在家里大扫除。

因为今天舒思谦和苗羽回老家过年，老太太怕苗羽猫毛过敏又起疹子，就暂时把白猫关在了偏屋里。

中午的时候，舒思谦和苗羽开车带着年货到了老家。

舒念和舒思谦还有苗羽已经不像最初始那般陌生了，但也没有很亲近，不过舒念已经能稀松平常地跟舒思谦交流，也能很自然地叫苗羽“阿姨”。

大年三十，一家四口包了很多饺子。

舒思谦很意外舒念会包饺子，而且不论是擀皮儿还是包饺子，看起来她都很熟练。

他就说了句：“没想到你还会包饺子。”

老太太就阴阳怪气地说：“这么多年都对念念不闻不问不管，你不知道不是很正常吗？”

舒思谦被母亲怼得哑口无言。

因为他的确亏欠舒念，在养女儿这件事上，他根本没有尽到一个父亲的责任。

晚上，一家人要吃饭时，舒思谦去院子里点了一挂鞭炮。

鞭炮噼里啪啦地响着，四个人在屋里举着杯子碰杯。

年夜饭吃完，舒思谦和苗羽被叫去打麻将，老太太打开电视看联欢晚会，舒念坐在奶奶身边，跟QQ上的好友互相道除夕快乐。

也是这时，舒念才后知后觉，她和宋祺声没有联系方式。也因此连一声“新年快乐”都无法说。

舒念有点遗憾，遗憾在放寒假之前，在他们做同桌的那一个月，她明明有那么多机会可以找他要个联系方式，但她根本没想起这回事来。

舒念轻轻叹了口气。

老太太突然开口说：“小姑娘叹什么气，不要总叹气，会把福气叹没的。”

舒念笑笑，回奶奶：“还有这种说法吗？”

“有的呀，”老太太一本正经道，“不过都是些老说法了。”

舒念眨巴眨巴眼，听话地说：“那我不叹气了。”

老太太笑着说：“偶尔叹叹气也没事的。”

这晚舒思谦玩麻将玩到很晚，舒念和奶奶睡觉时，出去打麻将的两个人还没回家。

隔天黎明，舒念不到五点就被奶奶喊醒。

随后，她就收到了来自奶奶、小妈还有父亲的三个红包。

村子里不断有爆竹声响起，苗羽和老太太在厨房忙着下饺子，舒念帮忙拿醋、摆碗筷。

早饭吃完，舒思谦要带着苗羽去拜年，舒念没什么事，老太太让她去炕上睡回笼觉。

这一觉睡到上午八点多，舒念才悠悠转醒。

老太太就在她旁边，正戴着老花镜看电视里演的小品。

听到动静，老太太看了过来，问舒念：“醒啦？”

舒念轻轻“嗯”了声。她全身被热炕煲得暖烘烘的，舒念浑身舒坦，很慵懒地伸了个懒腰。

过了会儿，她醒了醒神，才开口对老太太说：“奶奶，我过几天要去县里一趟，甜甜让我过去玩，可能还会在她家里住一晚。”

老太太笑着说：“去吧去吧，放假了就该好好玩，你看你前段时间，一天到晚都在学，我都怕你累坏了。”

舒念莞尔道：“不会的，我自己有分寸。”

她很清楚她还有余力，她还能更努力。

过年的这几天，舒念每天都会去偏屋里给大白加粮换水，再趁机撸撸猫。

舒思谦和苗羽初三就回沈城了。

他们刚离开，舒念立刻就跑去打开了偏屋的门。

她蹲在屋门口，摸着凑过来冲她喵喵叫的白猫轻声说：“大白，这几天委屈你啦。”

正月初八，舒念坐着公交车去了县里。

到了县里的公交车站，舒念从车上下来，一眼就看到了站在路边等她的江恬。

江恬一见到舒念就扑了过来，一把将她抱住。

“呜呜呜，念念，我们都半年多没见了。”

舒念眼睛泛热地扬唇笑着，回抱住江恬。两个小姑娘在公交站抱着对方腻歪了好一会儿，才手牵着手开始逛街。

女孩子最喜欢去的地方就是那种饰品店，舒念和江恬也不例外。

舒念就在一家饰品店看到了一个很有纪念意义的挂坠。

是一把吉他钥匙扣。

她没有一丁点儿犹豫，拿上这个钥匙扣就去了收银台。

在舒念要付钱的时候，老板看了看她要买的这个小玩意，问她：“需要刻字吗？”

舒念没想到这个还可以刻字，有点意外：“还能刻字？”

老板点点头：“这款我自己做的，可以刻。”

“要刻字的话晚点来取。”

舒念问：“具体需要多久？我明天就走了……”

老板说："得看你要刻什么，根据复杂程度决定时间。"

舒念抿嘴沉吟了下，说："S，英文字母S。"

"就刻一个S？"老板问。

舒念点点头："嗯。"

走过来的江恬听到舒念和老板的话，笑道："S，是舒的首字母吧？"

"感觉还挺好玩的，我也要买一个，刻个J。"

她说着，就跑去拿钥匙扣了。

舒念只浅浅地笑，没反驳江恬的话，也没解释什么。

S，对她来说，不仅仅指舒念的舒。

舒念和江恬中午去了肯德基。

两个女孩子点了汉堡和薯条，还有两杯可乐。

江恬问舒念在沈城一中感觉怎么样，舒念说还好。

"刚开学那会儿我发现我的中考成绩在班上倒数，还挺受打击的。"舒念一边往薯条上挤番茄酱一边对江恬说。

"不过后来倒是还好，一直都有进步，现在已经能够挤进班里前20名了。"

江恬忍不住感慨："太恐怖了太恐怖了，虽然我知道沈城一中是出了名的强，但没想到这么厉害，你一个初中在咱们中学年级前五的人，到沈城一中居然才只能挤进班里前20名。"

舒念笑着说："那里的人真的都很厉害，而且有的学生根本不怎么努力，但就是能考得很好，属于天赋型的。"

"人和人的差距很大，努力在天赋面前不值一提。"

她顿了顿，又说："但我没有天赋，只剩努力了。"

"你还算没天赋？"江恬说，"你让我怎么活啊。"

两个人正聊着的时候，店里走进来两个男生。

江恬看到了熟人，出声喊："张鹏山！"

男生听到有人叫，转身看了过来。

在看到舒念的时候意外地挑了挑眉，他快速点好餐，就抛下同伴率先走了过来。

“舒念居然在老家？”张鹏山笑着问。

张鹏山跟江恬还有舒念是初中同学，现在和江恬还是高中同班同学。

舒念嘴角轻弯道：“寒假一直都在老家。”

张鹏山说：“早知道你在老家，年前我就组织大家办个同学聚会了。”

江恬说：“现在组织也不晚啊。”

张鹏山摇摇头：“年后事情多，有的同学没空出来，而且我听说三中昨天已经开学了，人凑不齐。”

他们说话间，跟张鹏山一起的那个男生端着餐盘走了过来。

舒念和江恬坐的是四人桌。

江恬很不见外地对那个男生和还立在桌前的张鹏山说：“杨晗，张鹏山，你俩坐这儿吧。”

但舒念和江恬是面对面坐的，这就导致，张鹏山坐到了舒念旁边，杨晗坐到了江恬身侧。

江恬大大咧咧的，没感觉有什么不妥，舒念不习惯这样，突然有点不适应，不过她也没提要跟杨晗换座的事，显得矫情。

两个男生坐下后，江恬先给舒念介绍了一下杨晗：“念念，这个是我和张鹏山现在的同班同学，叫杨晗。”

然后她又扭头对杨晗说：“这个是舒念，我和张鹏山的初中同学，也是我最好的朋友。”

杨晗是个话不多的人，看起来有点冷冷的，他对舒念微微点头，说了个“你好”就算打过招呼了。

舒念也礼尚往来地回了一句：“你好。”

江恬又把话题拐回了学习相关的问题上，她问舒念：“对了念念，我记得你选了文科是吧？”

舒念点了点头：“嗯。”

“但我听他们说，沈城一中特别重理，在那里读文科没什么前途，还有人说沈城一中的文科班的老师很差劲。”江恬有点担忧舒念接下来的学习会受到影响。

舒念笑答：“沈城一中确实重理，不过文科班也没有外界传的这么差劲啦。”

“我们班主任说了，文科班的老师也都很优秀的。”

张鹏山说：“你们学校的体育生和艺术生是不是也都在文科班？”

舒念点头应：“是的。”

“那班上会不会很乱？”

舒念摇摇脑袋，如实说：“我要开学后调了班才知道班上乱不乱。”

“不过对我来说没什么影响，顶多就是他们玩他们的，我学我的。”

江恬听闻笑了：“说的也是，我们念念从来都不受外界影响的，自制力超强，特别自律。”

因为遇上了张鹏山和杨晗，下午舒念和江恬去玩密室逃脱也带上了他们。

四个人刚好凑够人数，可以一起玩一个本。

为了刺激，江恬特意选的恐怖类型，是发生在精神病院里的故事。

四个人进了密室后，江恬就紧紧抓着舒念的胳膊不放，害怕得往她身后躲。

张鹏山和杨晗在前面探路，不知道是真的不怕还是强撑着镇定假装不怕。

舒念倒是真的不怎么害怕。

她小的时候经常一个人在村子里走夜路。村里有的房子还是很老的那种土坯房，路也是坑坑洼洼的羊肠小道，到了晚上，漆黑一片。

村子里不像城市有路灯，只能用手电筒照明，没拿手电筒就只能摸黑往前走。

每次走夜路，迎面走来一个人舒念都会被吓得心跳加速。

很多时候还会引来狗叫，一只狗不断地叫唤，会带着全村的狗都跟着叫，此起彼伏。

久而久之，舒念就习惯了。

她不再怕黑暗，也不会被迎面走来的人吓一跳。

四个人走进一间病房后，逐渐分开找线索。

就在这时，NPC（游戏中的非玩家角色）突然从床底下钻了出来。

“啊啊啊！！！”

江恬尖叫着喊：“念念！跑啊！！！”

她喊舒念时，抓住一只胳膊，拉着人就往外跑。

舒念眼睁睁看着江恬拽着张鹏山跑出了这间病房，NPC也追着江恬和张鹏山跑了出去，最后只留下她和杨晗面面相觑。

舒念跟杨晗并不熟，甚至除了那句“你好”，两个人就没说过其他话。现在少了两个队友，舒念的第一反应是回去找江恬和张鹏山。

“我们去找找他们吧。”舒念提议。

杨晗却说：“不用，他俩一会儿就会回来的。”

“我们可以先找线索，这样省点时间。”

舒念觉得这样也行，反正江恬那边有张鹏山在，应该也不会出什么问题。

江恬跑远了一松手才发现自己抓错了人，她急忙又和张鹏山往回赶，结果又遇上NPC，只能继续跑。

等她和张鹏山回去时，舒念和杨晗已经找到离开密室的线索了。

四个人顺利从密室的出口出来，之后又在商场逛了逛。

直到傍晚，江恬要带舒念回家吃晚饭，四个人才兵分两路。

在去江恬家里之前，舒念和江恬回了那家饰品店拿她们的钥匙扣。

老板取出她俩买的钥匙扣，舒念接过刻了字母“S”的吉他钥匙扣，弯着唇笑了。

07 她的夏天

正月十六，沈城一中开学了。

舒念被分在了文科1班。

从这天开始，高一年级的1班到4班是文科班，从5班开始到最后一个班级是理科班。

宋祺声在理科13班。

他们还在同一栋教学楼，只不过不在同一个楼层。

舒念在3楼，宋祺声在1楼。

不过因为舒念在3楼最西侧靠近楼道的教室，宋祺声在1楼最西侧靠近楼道的教室，舒念接下来在学校里的每天都能从宋祺声的教室外拐弯上下楼。

文科1班46个人，舒念的排名第8。

也就是说，她高一下半年的学号是8号。

舒念的新同桌是个很外向爽朗的女孩子，女孩子抱着书过来后就主动搭话："嗨，你好，我叫王思倩，是从6班过来的。你呢？"

舒念有点腼腆地笑了笑，轻声回她："你好，我叫舒念，从10班过来的。"

王思倩的眼睛瞬间亮了："10班？你跟宋祺声一个班啊？"

舒念眨了眨眼，点点头。

王思倩笑着说："羡慕，我也想跟他同班，可惜没机会了。"

然后她又安慰自己："不过我初中已经跟他做过同班同学了，也不算太遗憾。"

舒念有点惊讶："你们是初中同学啊？"

"啊，"王思倩笑道，"那会儿我妈开暑期英语补习班，他还去上过呢。"

"哦忘了说，我妈就是你们10班的英语老师。"

舒念之前就听说过英语老师的女儿和他们同届，学习也挺好的，没想到兜兜转转，她和英语老师的女儿在文科班遇见了，还成了同桌。

王思倩好奇地问舒念："舒念，你为什么报了文科班啊？"

舒念如实答："我物理很差，经常不及格，化学和生物也一般，相比之下，政史地更好。"

王思倩嘿嘿笑，说："我也是。"

"宋祺声物化生就很棒，物理还能考满分。"她撇撇嘴，又有点羡慕道，"我都不知道他的脑子怎么长的，物理这么难的科目他居然能拿满分。"

舒念笑笑，不置可否。

从这天开始，舒念中午去学校餐厅吃饭变成了一个人。

因为司凝在理科班，她们没办法像原来那样一起去卫生间，一起去小卖部，一起去餐厅吃午饭。

王思倩不在学校餐厅吃，学校旁边的小区就是教职工房，她的家就在那里，所以王思倩每天中午都会回家吃午饭。

舒念只能偶尔在学校里见到宋祺声。

有时是在去吃饭的路上，她走在后面很远的地方，远远地望着他和他朋友有说有笑地去餐厅。

有时是她上下楼经过他的教室时，会很意外地看到他坐在用来挡后门的凳子上低头玩手机。

也有时，会在放学时看到他骑车离开学校。

而他们，再也没有说过话，哪怕打个招呼。

天气逐渐变暖，春去夏至，舒念的衣服也从长袖校服，换成了短袖校服。

自从分了文理班，没了物化生给舒念的总成绩拉后腿，她的成绩又开始缓慢上升。

再加上她总是会利用课后时间自学，到这年夏天高一下学期期末考时，舒念的成绩已经稳定在了班级前三名。

高一暑假期间，舒念又回了乡下住。

一整个夏天都在江岭。

她大多数时间都在家学习看书，也跟江恬出去玩了几次。

江恬会叫上张鹏山和杨晗，他们四个人跑去玩密室逃脱，一起吃雪糕，一起看电影，一起在县城里顶着大太阳轧马路。

舒念不仅和张鹏山加了QQ，也和杨晗加了联系方式，只不过她和杨晗并没有聊过天。

暑假快过完的那个黄昏，舒念坐在院子里，腿上放着一本书。

大白四肢很舒展地躺在她脚边，呼呼大睡着。

舒念低头看了好久的书，脖子有点累，便抬起头来，往远处眺望。

越过圈起庭院的墙，她看到了落日的光晕。

舒念突然想起了宋祺声。

那个迎着落日骑单车和朋友比赛的少年。

那个趴在她旁边的那张课桌上睡觉的少年。

那个，坐在植物园的石头上抱着一把吉他唱英文歌的少年。

阳光那么灿烂。

可阳光却不及他万分之一耀眼。

听说他在理科班的总排名依然是第一。

舒念很想也拿文科班的第一。

这样以后有人提到理科班的第一是宋祺声时，或许就会有人问文科班的第一是谁。

如果她拿了文科班的第一，那她，就有机会能和他一起被人提及。

不知道他寒假和暑假的周二到周五还去不去省图书馆。

舒念没头没脑地想着，低下头继续看起书来。

暑假结束，舒念返回学校。

因为高一下学期已经分了文理班，接下来学校都不用再重新分班。

舒念一直到高中毕业，都会是文科1班的学生。

高一下学期期末考，舒念在班上排名第2。

9月21号，是舒念的生日。

不过也没什么特别的，之前在老家，每年她生日这天，奶奶都会给她包她最爱吃的茴香鸡蛋馅的饺子。

自从来到沈城，她就没过过生日了，因为父亲不记得，而继母根本不知道她的生日在哪天。

舒念打算晚上给奶奶打通电话，奶奶会跟她说生日快乐。

其实老太太去年就问过舒念她父亲和她小妈有没有给她过生日。

她撒谎说给她过了，还告诉老太太她吃了生日蛋糕。但其实，什么都没有。

舒念也不愿意特意跟父亲和继母提她的生日到了。小姑娘是有点傲气的，而且也觉得没必要。

下午大课间，舒念学习学得眼睛累，便转头，趴在窗台上望着外面的风景发呆，放松心情，没想到，刚好看到宋祺声和几个男生一起往校外走。

他穿着校服，单肩背着黑色书包，背影清瘦修长。

王思倩现在已经不是舒念的同桌了，而是她的前桌。而且她们都挨着教室的后窗。

王思倩上完卫生间回来，就发现宋祺声正在往校外走。她直接推开窗户，对着楼下大喊："宋祺声！"

宋祺声听到有人喊他，本能地转过身来。

王思倩似乎知道他要去做什么，对他笑着挥手："竞赛加油！"

宋祺声望着这边，蓦地笑了。

舒念在他转身望过来的那一瞬就不自在起来。

这种紧张在他笑起来的那一刻达到顶点，本来下巴搁在手背上看他的她，突然缩回了脑袋和手。

她在座位上坐好，拿起笔，低下头继续看书做题。

后来舒念听王思倩说才知道，宋祺声是要去参加物理竞赛。

王思倩还说："就宋祺声这个成绩，他肯定能进奥赛国家队集训的，集训前五十名还是六十名来着？我记不太清了，总之集训的前几十名到时候会直接保送清华北大。"

舒念在王思倩告诉她这些之前根本不了解还有奥赛国家队的存在，更不知道在国家队集训完就有可能直接被保送。

那他的目标应该就是清华北大了吧。

而舒念一心只想考沈大。

08 她的夏天

国庆节假期，舒念终于再次去了省图书馆学习。

3号那天，舒念在省图书馆遇到了宋祺声。

不过他好像很累，来了后也没怎么看书，就一直趴在座位上睡觉。

中午到了饭点，舒念刚起身，宋祺声就醒了过来。

他往她这边看了一眼，睡眼蒙眬地问：“你是要去吃饭吗？”

舒念没想到他会突然跟她说话，有点愣愣地点了点头，然后大脑一片空白地问：“你要一起吗？”

宋祺声直起身，回她：“好。”

舒念根本不知道自己的嘴巴刚刚说了什么，直到他答应了她的邀约，她才反应过来自己说了什么不得了的话。

女孩子顿时面红耳赤，紧张到头也不敢抬。

宋祺声大概是才睡醒，也没什么话，两个人就这么一路沉默着去了那家餐馆。

舒念已经很久没来了，但老板娘还记得她。

“哎呀，小姑娘，你可有段时间没来了。”老板娘热情地招呼着她和宋祺声，“来，你们这边坐，这次吃点什么啊？”

舒念还是点了一碗粉，宋祺声依然要了一份板面。

“没了物理这个绊脚石，你现在成绩应该挺不错？”宋祺声问舒念。

舒念被他的话逗笑，但也只是局促地抿嘴乐，随即点点头，话语轻柔地回他：“还可以，班里前五。”

舒念说得谦虚，其实她现在稳定在前三名。

宋祺声说：“那确实挺不错。”

舒念不知道要和他聊什么，她在脑子里找话题，想问他前段时间竞赛的事，又怕他万一发挥得不好，会让他难受。

又想问他以后是不是会报清华北大，但又怕从他嘴里听到答案。

思来想去，最后什么都没说出口。

过了会儿，宋祺声在他们的午饭被端上来时，对舒念说：“你可以尝尝他家的板面，挺好吃的。”

舒念看着他碗里的红油，小声说：“不辣吗？”

“你怕辣？”宋祺声淡笑道，“那你可以告诉她别放辣。”

他说着，往自己碗里倒了一点点醋，然后把醋瓶放到她面前。

“给你。”

舒念有点意外，她连忙道谢：“谢谢。”

又沉默了一会儿，宋祺声突然抬头问舒念：“你暑假是没来省图书馆吗？”

舒念不明白他怎么会知道。

难道……他暑假来了，但是没有看到她，所以才这样问的？

宋祺声似乎知道她在想什么，不紧不慢地解释：“老板娘刚说你有段时间没来了。”

“哦……”舒念恍然大悟，回他，“我寒暑假都会回老家，等开学再回来。”

宋祺声好奇地问：“你老家是哪里的？”

舒念说："江北省。"她顿了顿，又补充，"江北省北阳市胡庄县江岭乡的一个村里。"

"啊，"宋祺声若有所思，然后问了舒念一个很可爱的问题，"那你见过活的鸡鸭鹅，还有牛羊猪什么的吗？"

舒念眨巴眨巴眼："见过啊，村子里有好多。"

"你没见过吗？"

宋祺声摇摇头："只在书本上见过。"

舒念愣了下，而后就低下头抿嘴笑了笑。

不知道为什么，他刚才给她的感觉很可爱。

一直到6号，宋祺声和舒念每天都在省图书馆各自学习，到了中午结伴吃饭。

舒念其实根本没想过她还能跟宋祺声有这么近的时候。近到他们分别坐在一张桌子的两侧，一起吃午饭。

6号晚上省图书馆闭馆时，宋祺声和舒念一前一后出来。

宋祺声走到台阶下时，舒念还在台阶上，正要踩着台阶下来。

忽然，宋祺声喊她："舒念。"

低着头的舒念抬头望向他。

他说："我明天不来了，得练琴。"

舒念脑袋有点发蒙地点头，轻声应："好。"

直到分开，她才想起来，她又错过了加他好友的绝佳机会。

舒念轻轻叹了口气。

这一年的运动会舒念没有参加，宋祺声也没参加。

舒念的世界里只剩下了学习。

宋祺声成了她枯燥乏味高中生活唯一的调味剂。

她会在偶尔累到想放弃的时候想想他，一想到他那么优秀都还在不断往前奔跑，她就不敢停下来。

寒假的时候，住在老家的舒念发了一条只有六张照片的说说。

六张照片里，分别是她拍的村子里的鸡鸭鹅牛羊猪。

高二下学期时，舒念已经做到了把成绩稳在班里第一和文科班总排名第一。

从此，舒念的名字会时不时和宋祺声的名字一起出现。

因为他们分别是文理班的年级第一。

到此，舒念只剩下了一个目标。

——通过自主招生被沈大录取。

高三一开学，学校领导就给高三年级所有班主任开会，要求所有班所有学生写下自己的理想大学，然后把大家的目标都贴在教室外面走廊的墙上。

舒念毫不犹豫地在一张粉色草莓形状便利贴上写下自己的目标——

沈城大学英语专业

高三1班，舒念

这年冬天元旦过后，舒念从王思倩那里听说，宋祺声已经被保送到沈大了。

在舒念还为自主招生做准备的时候，他就先一步进入到了下一个人生阶段。

而他去的地方，是她拼尽全力要考上的大学。

2019年2月底，距离高考还有一百天的时候，沈城一中举办了一场百日誓师大会，目的是激励高三学子为高考做最后的冲刺。

舒念和宋祺声分别被选为文科班和理科班的学生代表，校领导让他们在百日誓师大会上发言。

校领导在主席台上发言时，舒念和宋祺声站在台侧，分别拿着自己写的稿子。

舒念低头看了看台下高三年级的所有学生，又瞅瞅稿子，有点紧张地叹了口气。

宋祺声突然出声对她说："低头照着稿子念，不看他们，就不会紧张了。"

舒念心跳微滞，而后扬起脸对他笑笑，点了点头。

须臾，她鼓起勇气对他轻声说："恭喜你。"

宋祺声垂着眼看她，似乎没反应过来她的话是什么意思。

舒念解释："恭喜你被保送到沈大。"

宋祺声笑了，回她："谢谢。"

之后他先上台发言，舒念就一个人站在台侧，望着侃侃而谈的他，嘴角不自觉地盈上了浅笑。

她满眼都是眼前这个穿着蓝白色校服站在阳光里的男生。

他叫宋祺声，唐宋的宋，顺颂时祺的祺，声音的声。

他是能够激励着她不断超越自己的动力。

"祝我们在一百天后的高考中旗开得胜，金榜题名！"

宋祺声发言完就该舒念上台了。他在和她擦肩而过时，低声对她说了一句："加油。"

舒念脚步顿了顿，很轻地"嗯"了声。

那天她发言时，全程低头看着自己写的稿子。直到最后，在要说最后一句话时，舒念才抬头看向台下众多和她一样紧张备考的高三学子。

她说："最后，我想送给大家一句话——乾坤未定，你我皆是黑马；胜负未分，你我都有可能。"

舒念说完，在掌声雷动中对台下鞠了躬，然后不由自主地扭头看了看台侧。

宋祺声正站在那边，笑望着她。

舒念瞬间仓皇收回视线。

太阳好像顷刻间就炽烈起来，把她的脸颊烤得热烫。舒念顶着一张泛着红晕的脸，故作镇定地假装看脚下的路，踩着自己的心跳节奏快步走下了主席台。

三月初，舒念通过学校推荐，报名了沈大的自主招生。

一直到四月底，沈大的初审名单才公布，里面有她。

但这只是开始，接下来的每天，舒念都很努力地复习。

学校举办的模拟考试，她都当作高考来对待。

每一次的模拟考，舒念都稳稳地坐在文科班总排名第一的位置上。

五一假期，舒念回了乡下，暂时放松脑子。

奶奶带她去了市里的惠古寺，说是要求佛祖菩萨保佑她考试顺利。

老太太给舒念求了个学业香囊，舒念也给奶奶求了吉祥安康的香囊。除此之外，舒念还多求了一个学业香囊。

老太太问她："这个学业香囊是给谁求的？"

舒念微微红着脸模棱两可地回答："给朋友，他今年也高考。"

老太太以为孙女口中的朋友是江恬，就没再多问。

高考的前一天，奶奶从乡下赶了过来。

舒念很惊讶奶奶会突然过来，很惊喜地问："奶奶，你怎么过来了？"

老太太笑眯眯地说："我孙女要高考了，我得来陪着呀。"

"哎呀，不用你陪，"舒念说，"天儿那么热，你可不准去学校外干巴巴地站着等我，会中暑的。"

老太太乐呵呵地应："知道知道，奶奶在家等你。"

"明天就要参加高考了，紧张吗？"她关心地问舒念。

舒念摇摇脑袋："不紧张，学校已经给我们模拟过很多次高考考场了，我习惯了。"

"那就好，"老太太嘱咐她，"不要紧张，平常心对待就行。"

然后又提醒舒念："可得带齐文具啊，证件也不要落下。

舒念一一应下："一会儿奶奶再帮我检查检查。"

盛夏时节，高考如期而至。

舒念就在本校考的，因为是熟悉的环境，她安心不少。

高考的这两天沈城一直在下雨，不过舒念的心情始终都很平和。

8号下午五点，英语考试结束。

2019年沈城的高考也结束了。

但是对舒念来说，她的高中还没有画上句号。

因为她接下来还有自主招生的考试要参加。

沈大的自主招生考试从6月10号开始，舒念高考完回到家继续复习看书，准备即将到来的自主招生考试。

舒念顺利参加完自主招生考试没几天，沈大就公示了一个名单，上面有她的名字。

之后，高考成绩发布。

舒念查了自己的分数，全省排名第8。

舒念通过自主招生被沈大的英语专业录取了。

她如愿考上了沈大英语专业。

在老家那边参加高考的江恬高考成绩也不错，完全可以报考沈大的化学专业。

这个暑假漫长又短暂。

舒念不再只往省图书馆跑，躲在图书馆这个安静的地方看书。

她报了一个画画的兴趣班，每周都去上课，很认真地学画画。

班群里的大家天天都在发各种邀约，几乎每天都有大大小小的聚会，但舒念只参加了一次班级聚餐。

很巧的是，舒念班级聚餐这天，宋祺声和他的几个朋友也在同一家饭店小聚。

舒念只远远地看了他一眼，然后就走进包厢了。

中途她从包厢里出来去卫生间，遇到了从卫生间出来的蒋枫。

他是和宋祺声一起来这里吃饭的其中一个人。

蒋枫的性子没变，还是很爱说爱笑，见了舒念就特别热情地跟她打招呼，对她说："恭喜你啊舒念，被沈大自主招生录取了。"

舒念浅笑着回："谢谢。"然后多问了句，"你呢？去哪儿念大学？"

蒋枫笑笑，说："海城。"

舒念了然地点了点头。

就在舒念要往卫生间继续走的时候，蒋枫突然叫住她："舒念。"

舒念扭过脸，抬头看着他。

蒋枫犹豫了片刻，最终只说："祝你心想事成。"

担心他要表白的舒念瞬间在心里松了口气，莞尔回："你也是。"

当晚，舒念回到家里，从抽屉里拿出那个还躺在包装盒里的学业香囊，安静地看了会儿，又把香囊放回了抽屉里。

这是她给宋祺声求的。

这个学业香囊叫"前程似锦祈福香囊"。

去惠古寺那天，她早就知道他已经被保送了，但舒念还是为他求了一个学业香囊。

她虔诚地向佛祖和菩萨许下心愿——希望宋祺声前程似锦。

至于香囊，舒念就没想过要送给他。

许愿心诚则灵，佛祖菩萨会听到她对他的祝愿而保佑他的。

09 她的夏天

9月1号是沈城大学入学报到的最后一天。

家在本地的舒念没让父亲和继母送她，她自己拎着行李箱去了大学，然后自己去买各种用品。

沈大的宿舍是四人寝。

除了舒念这个本地人，另外三个女生都是外地来的。

叶楚星扎着双马尾戴着黑框眼镜，个子小小的，长得很可爱，一开口带着一股东北味。

舒念很喜欢听她说话，感觉很喜庆，而且这个姑娘的力气贼大，虽然她的身高在宿舍里是最矮的，但是力气却是全宿舍最大的。

杨笑雨长得很高，一头利落的短发，特别干练帅气，喜欢穿中性风格的衣服，嗓音也偏中性，导致她开学进女生宿舍楼时，差点被宿管阿姨当成男生请出去。

魏梦希的个子跟舒念差不多，一米六五左右，烫染着大波浪，身材很性感，长得也很漂亮，是最受男生喜欢的那类性感美女。

下午的时候，舒念和三个舍友一起去领明天军训要穿的鞋服。

然后四个女生一起去校外的餐馆吃了个晚饭，几个人就这么熟络了起来。

隔天黎明五点半，要早训的大一新生就陆陆续续地起了床，然后又匆匆忙忙地下楼列队，再由各个方队的军训教官带去操场训练。

早上七点钟，各个方队被带回到宿舍楼前解散，大家纷纷跑向学校食堂。

沈大有五个校内餐厅，光集中在学生公寓附近的就有三个，分别是A、B、C。

还有另外两个，一个在图书馆旁边，叫书香园，最后一个靠近研究生公寓，叫广香园。

舒念和舍友因为A餐厅和B餐厅人太多，去了距离她们宿舍稍微远一点的C餐厅。

C餐厅三楼可供选择的餐点更多，她们就径直去了三楼。

舒念从架子上拿了一个托盘，然后就沿着卖饭的窗口慢慢挪动，选择自己想买的早餐。

她用校园卡刷了一份豆浆，然后去另一个窗口排队买豆沙包。

就在舒念买完两个豆沙包转身的那一刻，旁边那个窗口有个男生也正好转身要走。

两个人都端着餐盘，差点撞到，还好他们都及时停了下来。

下一秒，舒念听到了一道熟悉的嗓音。

是宋祺声在叫她："舒念？"

舒念仰起脸来，在看到他的那一刻，她的嘴角就不受控制地上扬起来，心脏也开始扑通扑通地乱跳。

宋祺声说："好巧。"

舒念也觉得很巧。

明明有好几个餐厅，每个餐厅也都有两三层楼，可他们却在这里巧遇了。

她浅笑着“嗯”了声。

两个人一起往前走了几步的距离，舒念在要转弯去找舍友时对宋祺声说：“我舍友在等我，我过去啦。”

他嘴角噙笑道：“去吧。”

魏梦希是最先看到舒念和一个男生有说有笑的，她急忙喊另外两个人，让她们看舒念这边，叶楚星盯着宋祺声瞅了半天，总觉得这人有点眼熟。

“这个男生你们见过吗？我总感觉在哪儿见过他。”叶楚星问魏梦希和杨笑雨。

“我也觉得我见过他……”杨笑雨皱眉认真地思索了片刻，恍然大悟道，“我想起来了，这不是今年沈城的理科状元吗？”

“他一早就确定被保送到这里了，好像是……物理专业吧？我记不太清了，舒念跟他是一个高中的，可以问问舒念。”

魏梦希问：“被保送了还参加高考干吗啊？”

杨笑雨说：“想体验高考的氛围吧？我记得被保送了也可以自愿参加高考。”

等舒念端着早餐走过来，她刚一坐下，就被三个舍友轮番轰炸。

叶楚星带着一点东北口音问舒念：“你这啥情况啊？”

舒念一头雾水，还没来得及提出疑问，魏梦希就继续问：“你跟宋祺声挺熟啊？”

紧接着，杨笑雨就问：“他被保送到哪个专业了？”

舒念根本反应不过来，讷讷地“啊”了声，先回答了杨笑雨的问题：“物理专业。”

魏梦希又问了舒念一遍：“你俩是不是很熟？”

舒念认真思索了一下，摇摇脑袋：“也没有很熟吧……”

她如实对她们说：“我和他就当了半年的同班同学，高一下半年分文理班，我去了文科班，他在理科班，就几乎没有交集了，只是有时会在图书馆遇到。”

“那啥，我看你俩刚才聊得挺好的啊，”叶楚星狐疑道，“居然不熟吗？”

舒念压下心中的悸动，好笑地说：“就是高中同学意外在大学里偶遇，打个招呼而已。”

尽管只是简单地打个招呼，舒念也很满足了。

大学这么大，他们又不在同一个系，能偶遇到的概率微乎其微。

但他们刚开学就遇见了。

舒念觉得自己非常幸运。

“那他有女朋友吗？”魏梦希好奇地问。

叶楚星插嘴：“他这么优秀，肯定不缺女朋友吧。”

舒念回魏梦希：“我不太清楚。”

“他不缺女孩子喜欢是真的，”舒念回忆起宋祺声之前拒绝女孩子时说的话，对魏梦希说，“高中的时候我见他拒绝过一个女生，他当时说他高中不谈恋爱。”

“但现在……我不知道他有没有女朋友。”

舒念刚说完，宋祺声就和他同伴从她们这张桌子不远处经过，把餐盘放到了收餐具的地方。

舒念：“……”

他不会听到了吧？

她顿时有点心虚，只能强忍着慌乱，在心里祈祷他没有听到她在跟舍友谈论他。

接下来的军训时光，舒念再也没有见到过宋祺声。

大家都穿着一样的军训服，满操场都是方队，想要在人海中找他的身影，着实难。

不过舒念见到了江恬。

两个人特意约在女生公寓楼前见面，然后一起去吃了一顿饭。

从校外的餐馆吃午饭回来时，江恬兴致勃勃地拉着舒念去了广场。

这两天各个社团都在广场上支帐篷纳新。

最后江恬停在了篮球社的帐篷下。

“念念，我们要不要加入篮球社？”江恬眼睛亮亮地问舒念。

舒念震惊，不可置信道：“你要打篮球吗？”

江恬拿起一张篮球社的宣传单瞅了瞅，说：“也不用非得打篮球才能加入篮球社啊，这上面还有什么外联部，宣传部……挺多部门的，总有适合女生的。”

“篮球社帅哥肯定多，我们加入吧念念，这样就有可能拐个会打篮球的帅哥回家呢！”

舒念：“……”

她笑江恬花痴，但最终还是跟江恬一起报了篮球社。

江恬选了外联部，舒念选的宣传部。

这时舒念根本没想过，会在几天后的社团迎新活动的现场，遇到宋祺声。

10 她的夏天

大一新生的军训会演在9月12号举行，会演结束后沈城大学就放了中秋假期。

篮球社的迎新活动在过完中秋返校的当晚。

因为中秋只放三天，江恬就没有回老家，跟着舒念去了她家里住。返校那天，两个女孩子在校外一起吃了晚饭，然后就结伴去了篮球社的社团活动教室。

舒念和江恬到的时候，教室里已经有不少人。江恬拉着舒念在几个篮球球员的后排坐下来。

没多久，坐在他们前面的其中一个高大男孩抬手喊："声哥！这儿！"

本来正在低头玩手机的舒念不由自主地抬头看向门口。

宋祺声正迈步往这边来。他穿着一身白T黑裤，简单又干净。

宋祺声自然也看到了舒念。他在舒念前排落座之前，对她淡笑着打招呼："舒念。"

舒念有点不自在地翘了翘唇角，轻轻回了他一声："嗨。"

宋祺声笑笑，这才坐下来。

江恬很好奇地问舒念："这人是谁？好帅啊！"

舒念眨眨眼，小声回江恬：“高中同学。”

江恬又说了一遍：“他好帅！”

舒念就弯唇笑，她也觉得他很帅。

过了会儿，社长和副社长组织大家做自我介绍。

“我们按部门来，那就先让球员分别介绍一下自己吧。”

轮到宋祺声的时候，他站起来，从容地说：“大家好，我叫宋祺声，唐宋的宋，顺颂时祺的祺，声音的声。”

舒念仰头望着站在她前排的宋祺声。这一刻，舒念的世界仿佛时间倒流，把她又送回了2016年的9月1号。

因为宋祺声侧着身，舒念刚好能看到他的侧脸。

相比于三年前，此时十八岁的他模样褪去了些许青涩，轮廓也更硬朗立体。

可舒念却感觉自己回到了高一10班的教室。

她恍惚了一瞬，再回过神来，宋祺声已经坐下了。

后来轮到宣传部的成员自我介绍，舒念站起来时，宋祺声回头看向她。她被他的目光烫到，脸一瞬间就变得灼热。

在她呼吸停滞的片刻，心跳也跟着漏了半拍。

舒念佯装自然地说：“大家好，我叫舒念，舒是舒畅的舒，念是念念不忘的念。”

她说完，宋祺声眼睛微弯，笑着转回了头。

等大家都有了个基本的了解，社长和副社长就提议找时间聚个餐。

他们和大家商议了一下时间，最后定在了周五晚上。

迎新活动要结束时，社长在微信上建了个群聊，让每个人扫码加入。

就这样，舒念和宋祺声进了同一个群。

回到宿舍洗漱完上床后，舒念打开了这个群聊，把群聊成员看了一个遍，但因为大家都还没改群名片，舒念也不知道哪个是宋祺声。

她注意到有个人的微信头像和她的微信头像很像，也是一只白猫，就好奇地戳开了这个人的主页。

对方的昵称叫Echo。

Echo——回响，回声，回音。

舒念点开他的头像大图看了看，头像中白猫的眼睛是异瞳，就跟她头像中的大白一样。

继而，舒念想起她三年前在省图书馆附近看到的那只异瞳小白猫。

不知道那个小家伙现在怎么样了。

过了会儿，社长在群里艾特全体成员，让大家把昵称都改成本名，以便于交流。

舒念点开群聊界面的右上角，下拉菜单，找到“我在本群的昵称”点开后，将昵称修改成了“舒念”。

等舒念再返回聊天界面，发现那只异瞳白猫头像发了一条“OK”的消息。

而他的昵称，已经变成了“宋祺声”。

舒念惊讶地睁大眼，和她头像特别像的那个人，居然是宋祺声？

过了一会儿，副社长发了条消息：@舒念@宋祺声你俩的头像？这是有情况啊！

群里的其他人纷纷起哄。

舒念急忙解释：没有没有，就是巧合，我头像是我奶奶家的白猫。

宋祺声随后也解释：我的是我家养的白猫。

江恬发出惊叹：这两只白猫还正好都是异瞳，好巧啊！

舒念没注意江恬说了什么，她点开自己的主页，在照片里随便找了一张她之前保存的动漫头像，换掉了现在这个头像。

与此同时，宋祺声也换了头像，是一张风景照。

这个插曲过后，群里安静下来。

舒念放下手机下床去了趟卫生间，等她关了宿舍的灯再上床躺好拿起手机来时，就看到了一条通过群聊发过来的好友添加请求。

对方的昵称叫Echo。

备注写的是：我是宋祺声。

舒念的心跳瞬间乱掉。

她通过了他的验证请求，把他的备注改成了“S”。

宋祺声很快就发来微信，他问她：你家的猫多大了？

舒念心跳紊乱地回他：七岁了。

宋祺声：我家那只三岁多。

舒念觉得自己该说点什么，但是她很紧张，紧张到心跳过快导致呼吸不畅，悬在手机屏幕键盘上方的手指都在被心跳牵引着一下一下地轻颤。

一分钟过后，她给他发了一条消息过去：你家猫猫叫什么呀？

宋祺声给她发来：伞伞。

舒念说：好可爱的名字。

然后又笑着打字告诉他：我家那只的名字就很简单粗暴，叫大白。

宋祺声主动对舒念提及他家猫为什么会叫伞伞。

他说：伞伞是我在省图附近的墙根处捡的，那天下雨，它躲在一把透明的雨伞下，所以后来就给它起名叫伞伞了。

舒念蓦地愣怔住。

所以宋祺声家的异瞳白猫，难道就是她三年前遇见的那只小猫？

当时她折回去，猫和雨伞都不见了。

原来是被他带走了。

舒念想告诉宋祺声把雨伞留在那儿的人是她。

但是又怕他觉得她撒谎，故意跟他套近乎。

最终，舒念只给他发了一句很蹩脚的称赞：你好有爱心。

宋祺声回她：你不也是。

舒念还没反应过来，他又说：那把雨伞是你留下的，我看到了。

舒念不知道说什么好，干巴巴地发了一个字：啊……

他告诉她：它现在很好，很健康。

舒念弯唇笑了笑，回他：那就好。

宋祺声又说：你想见它吗？想的话国庆节我带它去省图书馆跟你见一面吧。

舒念无意识地咬了咬嘴唇，有点忐忑地问：可以吗？

宋祺声回她：可以啊。

她笑弯眼眸答应：那……好啊。

他们俩围绕着猫聊了很久，等结束聊天后，舒念的心脏还在扑通扑通地快速跳着。

一想到约了宋祺声在国庆节见面，舒念的心里就特别欢欣。

她把被子往上拉了拉，盖住了自己漾着笑的脸。

只不过舒念想不通，既然他一直都知道那天给小猫留雨伞的人是她，那为什么高中三年他始终没提过这件事，又为什么偏偏在今晚提起这件事？

周五白天，舒念在上课的时候收到了篮球社社长艾特大家的消息，提醒大家不要忘记晚上的聚餐。

社长还发了饭店的地址，告诉大家到时候在饭店门口集合。

当晚，舒念和江恬在女生公寓门口碰面，一起去了校外的饭店。

她们到的时候，宋祺声正在被过路的女生要联系方式。

他没给，跟对方说了句“抱歉”。

副社长打趣他：“宋祺声，你是有女朋友了吗？怎么不加美女的微信啊？”

宋祺声看了一眼走过来的舒念，嘴角噙着笑回复副社长：“没有女朋友。”

“那你可太清心寡欲了，都不跟女生聊天的吗？”社长也调侃他。

宋祺声但笑不语。

社长不嫌事大地问大家：“在场的女孩子，有被宋祺声加好友的吗？”

大家纷纷起哄笑说：“我没有。”

“我也没有。”

“没有。”

“别说被他加了，我加他，他到现在都没同意。”有个女生用开玩笑的语气说。

社团里那么多女生，居然都说没有。莫名有点心虚的舒念开始装鹌鹑降低存在感，默默地不说话，但她并没能蒙混过关。

副社长见舒念一直没说话，她推了推眼镜，笑眯眯地问舒念：“舒念，你和宋祺声加微信好友了吗？”

舒念的脸瞬间泛起红晕。

她还没说话，宋祺声就主动承认了：“加了，是我给她发的加好友请求。”

“哦——”大家开始闹腾着起哄。

舒念被闹得脸颊通红，她连忙解释：“我们是……我和宋祺声是高中同学。”

“咦？”副社长惊讶道，“你俩是高中同学？舒念你也是沈城一中的学生吗？”

江恬插嘴说：“念念是沈城一中的呀，她的高考成绩在全省文科生中排名第八，在她们学校是第一。”

“啊，所以你们是校友，”社长恍然大悟，“舒念是文科班的，宋祺声是理科班的。”

宋祺声纠正：“我们高一上半年当过半年同班同学。”

"嗐，怪不得你们会是微信好友呢。"社长笑道。

进了饭店包厢后，大家刚要落座，社长就说："哎哎哎，同性隔开坐啊。"

然后也不知道怎么弄的，舒念旁边那个人就从江恬变成了宋祺声。

为了让大家有个更好的了解，社长想了个小游戏，可以让所有人都参与。

"我指定两个人，你们互相说对方的三个优点，当然啊，不能瞎说，要符合他本人，基于事实夸赞他。"

社长顿了顿，继续道："如果说不出来或者说的不符合他本人，就要接受惩罚，喝下你面前的这杯酒。"

随即，社长就开始选人玩游戏了。

几轮过后，社长的手指向了宋祺声和舒念，他笑道："来吧，你俩，谁先说。"

宋祺声大方自然地说："我吧。"

他看了看舒念，根本没有怎么思考，就顺利地说出了她的三个优点："专注，努力，有爱心。"

"沈城一中文科生第一，专注和努力肯定是有的，"社长好奇地问，"有爱心是……"

宋祺声说："下雨天给流浪猫打伞。"

"好，有理有据，可以。"社长点点头，把目光投向了舒念，笑道，"该你夸他了，舒念。"

舒念本来就被宋祺声说的三个优点弄得恍惚，这下一紧张，大脑一片空白。

她有点慌张地说："真诚，学习好，有爱心。"

"啧，"社长调侃舒念，"你怎么也觉得他有爱心？"

舒念快速地眨了眨眼，轻声答："因为他……收养了流浪小猫。"

副社长敏锐地捕捉到了一丝不寻常："那个……请问一下，他收养的那只小猫，不会就是你在下雨天帮忙打伞的那只流浪猫吧？"

舒念蒙蒙的："啊……"

副社长看看脸蛋红红的舒念，又瞅了瞅还算镇定自若的宋祺声，忽然笑了。

社长也察觉到了什么，故意刁难舒念："他说了有爱心，你就不能再说了啊舒念，你这算偷懒。"

舒念争辩："可是我说的是事实啊……"

他就是很有爱心。

饭桌上已经有男生带节奏要舒念喝酒，连带着其他人也跟着起哄。

舒念无奈，但也只能认命地端起酒杯。

其实她从小到大一滴酒都没喝过，舒念根本不知道自己的酒量，很怕自己一杯倒。

就在这时，宋祺声把盛满啤酒的杯子从舒念手中拿走，放到了桌上。

他端起他面前的那杯酒，对大家说："别欺负女孩子了，这局算我的，我来接受惩罚。"

说完，宋祺声仰头将这杯酒喝完。

舒念睁大眼望着他，她近距离看到他的喉结不断地上下滑动。舒念的脸突然变得很热。

社长在宋祺声帮舒念解围的那一刻就露出了意味深长的笑。

这晚社团聚餐结束，舒念和江恬手挽手往学校走。

江恬小声跟舒念说："小曲同学还挺可爱的。"

舒念茫然地问："谁？"

"曲榭啊，宋祺声的舍友，也是社里新招的球员，就是坐在咱俩中间的那个男生。"

“啊。”舒念终于知道江恬口中的小曲同学是谁了。

“哎，念念，”江恬有点不确定地问舒念，“你和宋祺声……”

舒念紧张道：“我们怎么了？”

江恬眨巴眨巴眼，问舒念：“你没觉得他对你有点特殊吗？”

舒念其实也隐约察觉到了。

但是，她觉得这是因为他们之前是高中同学，所以他才跟她更熟络一些。

“还好吧，”舒念说，“可能因为我们是高中同学，那会儿我去省图自习，经常会碰到他，时间久了也会在中午一起去附近的餐馆吃午饭什么的。”

江恬也不太确定宋祺声对舒念到底是不是喜欢，便也没再继续讨论这个话题。

“对了念念，明天你生日，打算怎么过啊？”江恬问。

舒念温软浅笑回：“我舍友说要买蛋糕给我庆祝，你明天晚上也来我宿舍吧，我们一起吃蛋糕。”

“好呀！”江恬抱着舒念的胳膊，笑着说，“到时候我带着礼物去找你。”

隔天是周六，舒念只在上午有一节思政课。

舒念中午还跟奶奶打了通电话，老太太问她今天过生日有没有回家。

舒念说：“不回啦，今天舍友帮我过生日，晚上有生日蛋糕吃。”

老太太笑呵呵道：“好，那就好。”

舒念有点撒娇地说：“还挺想吃你包的饺子，之前在老家每次我过生日你都会给我包茴香鸡蛋馅的饺子吃。”

老太太说：“等你回来奶奶给你包饺子，今天就先委屈我孙女去饺子店吃点？”

舒念抿嘴笑，眼睛却泛起热意，她轻声应："嗯，好，等晚上我就去买。"

傍晚时分，江恬出现在了舒念宿舍里。

她把给舒念买的礼物送给舒念，见宿舍里的几个姑娘都在穿衣打扮，问："你们要出门啊？"

舒念点点头，眉眼轻弯道："先去蛋糕店取生日蛋糕，再看看晚上我们吃点什么。"

江恬说："我也跟你们一起去。"

"好啊。"魏梦希逗江恬，"去了帮忙拎生日蛋糕。"

"包在我身上。"江恬非常爽快地答应下来。

于是，五个姑娘就结伴出了宿舍楼，去了校外的蛋糕店。

她们到的时候，蛋糕店还没把舒念的生日蛋糕做好。

几个女孩子站在蛋糕店门口等着。

魏梦希问舒念："念念，你晚饭想吃什么呀？今天你过生日，你说了算。"

舒念也不矫情，直接说："我想吃茴香鸡蛋馅的饺子，之前在老家，每年我生日这天，我奶奶都会给我包这个馅的饺子吃。"

叶楚星自告奋勇道："那我这就去买。"

"别啊，"杨笑雨说，"买饺子不着急，等生日蛋糕做好了我们再去买也不迟，不然买回来放久了都坨了。"

"也对，"叶楚星点点头，"那行，那一会儿再去买饺子。"

舒念嗓音温软地对她们说："你们想吃什么啊，我们顺便再买点其他的。"

"一会儿去饭馆多的那条街看看吧，现在想也想不起来。"魏梦希笑道。

等她们拿到生日蛋糕后，就去了后面那条几乎全都是各种小餐馆的小吃街。

但是她们走遍了所有卖饺子的店，都没有舒念想吃的茴香鸡蛋馅的饺子。

最后五个人买了份披萨，又买了五杯奶茶，拎着生日蛋糕往回走。

江恬边走边说："离谱，今天也不是什么必须要吃饺子的节日，怎么都没有我们念念想吃的茴香鸡蛋馅饺子？"

"要不我们看看外卖？"叶楚星建议。

"算啦，"舒念浅笑道，"我刚已经看了，其他距离学校远一点的店倒是有，但是等外卖员送过来饺子肯定都坨了。"

"我也不是必须要今天吃到，改天再吃也一样的。"

"可是今天是你生日嘛。"江恬有点遗憾。

她们说话间，宋祺声和他的舍友曲榭正迎面走来，看样子是要去吃晚饭。

宋祺声和舒念打了个招呼，江恬通过昨晚的聚餐已经跟曲榭熟络起来，两个人你一句我一句地聊了会儿，然后才分开。

回到宿舍后，三个舍友也拿出她们各自给舒念准备的小礼物，送给了舒念。

舒念很开心地对她们道谢，她拆开生日蛋糕，江恬帮忙插蜡烛。

插完蜡烛江恬才想起来没有打火机，杨笑雨不知道从哪里弄来的打火机，把18根蜡烛一根一根点燃。

四个女孩子给舒念唱着最简单的生日歌，舒念闭上眼许了个愿望，不是什么特别的伟大的愿望，只是一个少女的小小心思。

她许愿，希望她和宋祺声，能这样相处下去。

就像世界上每一对朋友那样，可以说说话，聊聊天。

舒念许完愿望，睁开眼，将这18根蜡烛一口气吹灭。

她们没有立刻吃生日蛋糕，而是先趁热吃的披萨。

一边吃披萨一边一起快乐追剧，边看边吐槽。

等披萨被她们吃得差不多，舒念拿起刀叉给大家切蛋糕。

就在这时，她的手机响了声提示音。

舒念看了眼通知栏，目光一顿。

她把切蛋糕的刀叉递给江恬："甜甜，你帮我切，我回个消息。"

舒念拿起手机打开微信，上面有宋祺声几秒钟之前发给她的微信。

他说：舒念，我在你宿舍楼前，你能下来一趟吗？

舒念的理智让她问他有什么事，但是她什么都没问，只回了他一句"好"就立刻换鞋出宿舍。

魏梦希不解地问："哎，念念，你干吗去啊？"

舒念语速有点快地回："下楼一趟。"

"啊？"魏梦希还没把那句"下楼去干吗"问出口，舒念就已经离开了宿舍。

她狐疑地看向另外三个人，她们纷纷摇头，表示自己也不知道舒念去干吗了。

舒念从宿舍楼里走出来，就看到宋祺声骑着一辆单车在她宿舍楼前的路边。

外面的天已经黑了，学校里的路灯亮着。

他坐在自行车的车座上，双脚撑地，一手拎着一个盒子，另一只手拎着一份饭。

舒念走过来，轻声问他："找我有什么事啊？"

宋祺声把手上的东西都递给她："给你。"

"什么？"舒念有点发蒙地问。

宋祺声有些无奈地笑说："拿着。"

他又把手里的东西往她面前递了递。

舒念抬手接过来，然后就听到他说："生日快乐。"

舒念稍愣，怔怔地望着他。

此时此刻，她左胸腔里的心跳，震耳欲聋。

宋祺声对她笑了笑："走了。"

说完他就骑着单车从她面前离开了。

舒念站在原地，大脑空白了片刻，在原地呆了好久才拎着他给的东西上楼回宿舍。

等舒念推开宿舍的门，舍友和江恬纷纷看向了她。

"这是什么？"江恬率先注意到舒念满手的东西，很八卦地问："谁送你的？宋祺声吗？"

舒念有点意外地问："你怎么知道？"

江恬眨眨眼，吃着生日蛋糕说："我猜的。"

"他给你的什么啊？"魏梦希凑过来，从舒念手中拎过那个盒子。

盒子里是一个白色猫咪摆件，仿真的毛绒猫咪，看起来特别逼真。

叶楚星指着这个猫咪摆件，眼睛亮晶晶的，兴奋道："这种摆件我知道，它会叫！你碰它，它会喵喵叫！老可爱了！"

"这个呢？"江恬从舒念手中拿走袋子，从里面掏出一个饭盒来。

下一秒，宿舍里传来江恬的惊叹："哇！"

她拿着一个粉色的草莓状便利贴，对舒念说："念念你看！"

舒念看到便利贴上写着——

舒念，生日快乐！

宋祺声

江恬又继续道："这里面是饺子，茴香鸡蛋馅的！"

"他居然知道念念想吃茴香鸡蛋的饺子！"

杨笑雨有理有据地猜测："念念，他喜欢你吧？"

"这绝对是喜欢啊！"叶楚星说，"肯定老稀罕我们念念了。"

魏梦希"啧啧"两声，"估计是跑去距离学校稍微远一点的店里特意给念念买的饺子。”

舒念整个人都是蒙的。

宋祺声……喜欢她?

她一直想都不敢想。

可是……他最近的所作所为，真的有点奇怪。

让她的心也跟着乱掉，甚至开始控制不住地妄想。

妄想她真的能和他有点什么。

11 她的夏天

舒念拿起手机，在微信上跟宋祺声说：谢谢你。

宋祺声几乎秒回，给她发了一个“生日快乐”的表情包。

然后他又提醒她：饺子趁热吃。

舒念回他：好。

舍友和江恬正在猜宋祺声怎么会知道今天是舒念的生日。

杨笑雨说：“我们不是在学校外的那条街上遇见他了吗？当时江恬提到了今天是念念的生日啊，应该是被他听到了。”

“那他动作还挺迅速啊，”江恬惊讶道，“不会直接就去给念念买饺子选礼物去了吧？”

魏梦希语气笃定：“肯定啊，不然不会这么快。”

叶楚星在旁边一边吃生日蛋糕一边乐：“他这是得多稀罕念念啊。”

杨笑雨学着叶楚星的语气说：“老稀罕了。”

几个女生顿时笑作一团。

只有舒念，心里慌慌的、乱乱的。

有点欣喜，更多的是不安和忐忑。

她怕到头来，其实是她们误会了，是她自作多情了。

因为这个插曲，舒念这晚有点失眠。

她躺在床上酝酿了两三个小时才勉强入睡。

隔天周日，全天没课。

舒念早上起来时，三个舍友都还在睡，她把书本装进背包里，自己去距离宿舍最近的A厅吃了个早饭，然后就去图书馆自习了。

舒念到得早，图书馆还有好多空位，她挑了一张靠窗的座位。

图书馆的桌子又长又宽，一张桌子可容纳六个人自习。过了会儿，舒念在的这张桌子陆陆续续有人坐下。

没多久，舒念旁边这个位置也有了人。对方动作很轻，并没有吵到她。但舒念却不知为何，有点不受控地扭头看了他一眼。

然后就看到了宋祺声那张脸。

舒念微愣，没想到会在图书馆遇到他，而且他们还选了相邻的位置。

宋祺声察觉到她的视线，扭头垂眸看向她，对她露出一抹淡笑。

舒念也轻轻扬了扬嘴角。

接下来，两个人各自看书学习，互不打扰。

到了中午饭点，在图书馆学习的大家陆陆续续离开，有的下午不过来了，就直接带走了书本，有的只是去吃个午饭，下午还会回来继续学习，就把书本都留在了座位上。

舒念拿起手机看了看时间，快十二点了。

她正犹豫着要怎么开口问宋祺声去不去吃午饭，宋祺声就率先说了话："我要去吃午饭了，一起吗？"

舒念有点受宠若惊地看向他。

他正注视着她，等着她的回答。

舒念强压着失控的心跳，轻轻点了点头，浅笑应："好啊。"

她拿着手机起身，走之前在包里翻了下，把校园卡和宿舍钥匙找出来带在身上。

宋祺声注意到她的背包上挂着一个天蓝色的香囊，而她从背包里拿出来的钥匙上，挂着一个吉他挂坠，上面刻了个S。

舒念和宋祺声本着就近原则，就去了图书馆旁边的书香园餐厅。

然后两个人又不约而同地都买了盖饭。

吃过午饭回到图书馆后，舒念觉得有点困，就趴到桌上闭上眼睛，打算睡会儿。

正午的阳光透过玻璃窗落过来，让她无意识地微微蹙起秀眉。

须臾，合着眸子的舒念突然感觉眼前的光被挡住了。

她微微睁开眼，看到一只白净修长的手举着一本书，将落在她脸上的阳光尽数挡住。

她不敢回头看他，甚至连动都不敢动。

舒念飞快地重新闭上眼睛。

她的眼睫惊慌失措般不断颤动着，心跳也不听话地越跳越快。

在舒念看来，宋祺声用书帮她挡阳光的行为，很暧昧。

她不愿多想，可忍不住。

舒念本来是想睡半个小时的，但是因为被宋祺声搅得心悸，她根本没睡着。

在她睁开眼要坐起来的那一刻，宋祺声瞬间收回了拿书给她挡阳光的手，若无其事地低头看书。

舒念也就假装始终不知道他做了什么，开始接着上午的进度学习。

两个人在图书馆待到傍晚。

舒念收拾书本要走的时候，宋祺声也收了东西起身。

两个人一前一后地从图书馆出来，宋祺声主动对舒念说："我骑车过来的，载你回去吧。"

舒念并不想麻烦他，可她的嘴巴像是不受控制似的，直愣愣地答应了下来："好。"

舒念答应完就有点羞赧窘迫，她不知道自己为什么没办法拒绝他。

宋祺声把他的黑色书包放在车筐里，弯身开了锁，将自行车推出来。

他先跨坐到车座上，双脚撑地，然后扭头对还杵在路边的舒念笑说：“别站着了，上来。”

舒念的双手抓着书包带子，走过来，侧身坐在了他的自行车后座。

“好了吗？”宋祺声温声问。

“嗯，”舒念低着脑袋，一只手抓紧后座的支架，轻声回他，“好了。”

宋祺声一只脚勾钩起脚踏板，然后一蹬，自行车就往前驶去。

今天天气晴朗，傍晚的落日格外漂亮，橙红色光晕染尽半边天。

舒念坐在宋祺声自行车后座上，晚风轻轻吹拂过她发烫的脸颊，吹散了些许她脸上的热意，却抚不平她心里的涟漪。

宋祺声是喜欢她吗？

舒念依然不敢确定。

她是真的怕这一切迹象都是她的错觉，是她一个人的自作多情。

最近篮球社在为国庆节后的迎新篮球赛做准备，到时候社里的学长会和今年新加入篮球社的球员打一场友谊赛，这个活动需要各个部门行动起来。

比如江恬在的外联部要出去拉赞助，舒念在的宣传部负责画这次篮球赛的海报。

而篮球社的球员们，会加强篮球训练。

舒念这几天只要没课就会去篮球社的社团教室。

她暑假学了两个多月的画画，副社长就把画手绘海报的重担交给了她，宣传部另外的几个成员负责制订这次篮球赛的宣传方案，并去积极宣传这次的活动。

周四中午，舒念上完课跟三个舍友直接去餐厅吃了午饭。

午饭过后，四个女生走进宿舍楼，舒念从兜里拿钥匙，可是她把衣兜翻遍了都没有找到宿舍钥匙。

舒念又拉开书包拉链，在书包里翻找了一通，也还是没有。

她皱眉说：“我的宿舍钥匙好像丢了，你们带钥匙了吧？”

平常她们宿舍都靠舒念带钥匙，魏梦希没有拿钥匙的习惯，叶楚星总忘记带钥匙，杨笑雨带不带钥匙非常随机。

舒念这样一说，叶楚星和杨笑雨赶紧看自己有没有带钥匙，魏梦希连找都不找，因为她就没拿过钥匙。

好在杨笑雨今天带了钥匙，四个人顺利地回了宿舍。

舒念进了宿舍后把书包里的东西全都倒了出来，依然没有宿舍钥匙的踪影。

她有点郁闷地叹了口气。

钥匙丢了还能再配，她比较心疼那个吉他钥匙扣。

过了会儿，舒念刚想上床休息会儿，她的手机就响起了微信提示音。

舒念看了眼，显示是宋祺声给她发了一张图片。

她直接点了下通知栏的消息，进入微信和他的聊天界面，然后就看到了他发给她的图片是他拍的一张照片。

照片里，有个挂着吉他钥匙扣的钥匙躺在他掌心上。

宋祺声又发来新消息：应该是你的吧？

舒念急忙回他：是我的，你在哪儿捡到的？

宋祺声说：A餐厅的地上。

然后又问：你什么时候有空，我把它给你送过去。

舒念问：你现在在哪儿？

宋祺声回答：A餐厅。

舒念说：那我去找你吧，我就在宿舍呢，两三分钟就到了。

宋祺声回她：好。

然而，舒念一走出宿舍楼，就看到了站在楼前的宋祺声。

男生穿着简单的白T黑裤，单肩背着黑色背包，只安静地立在路边，就很惹人注意。

舒念走过去，宋祺声把她的钥匙还给她。

舒念话语温软道：“谢谢。”

宋祺声笑笑，说：“你这钥匙扣还挺好看的。”

他就是纯粹地夸了一句，但舒念却突然很心虚。

毕竟她是因为他弹吉他，才看中了这个钥匙扣，还暗促促地往上面刻了字母“S”。

舒念佯装镇定道：“在老家那边的饰品店买的，是饰品店的老板自己做的手工作品。”

说完又懊恼自己怎么会跟他说这些有的没的，像是一堆废话。

宋祺声却很感兴趣地问：“字母也是老板刻的？”

舒念点点头。

“是想刻什么就刻什么还是成品就是这样？”

“看你想刻什么。”舒念说完就快速道，“那个……我先回宿舍了。”

她不敢再继续和他聊这个话题了。

宋祺声嘴角噙着笑点点头，“嗯。”

舒念转身，小跑着进了宿舍楼。

她深深地松了口气，突然又觉得自己刚才好像落荒而逃，顿时窘迫起来。

希望他没有察觉到她的不自然。.

当晚，舒念正一个人在社团教室里画海报，门突然被人从外面推开。

宋祺声走进来。

舒念看到是他，和他打了个招呼，就又低下头继续画海报了。

她以为他是过来拿什么东西，很快就会离开。

可是，宋祺声进来后什么都没找，直接扯了把椅子坐下来，开始玩手机。

舒念觉得怪怪的，她有点不解地问："你过来是要找什么东西吗？"

宋祺声笑说："不是。"

"那是……等人？"舒念猜测他可能和他舍友或者其他人约在这里见面。

宋祺声这次没否认，"嗯"了声。

得到了他肯定的回答，舒念不由自主地认真思索了一下——如果他约的人来了，她要不要提前撤。

接下来的两个小时，舒念低头设计海报，宋祺声就在旁边边玩手机边等人。

舒念不止一次地想他约了谁。

对方迟迟不来，他居然一点也不着急。

然而，一直到舒念把线稿画完，宋祺声等的人还没来。

她把接下来要上色的海报放好，起身对宋祺声说："宋祺声，我先走了，你……"

宋祺声也站起来，问她："画好了？"

舒念说："线稿设计好了，接下来还得上色，我准备到周六再过来涂色。"

宋祺声把手机收起来放进裤兜，语气自然地对舒念说："那走吧。"

舒念有点茫然道："你不等人了吗？"

"啊？"宋祺声失笑。

舒念突然明白了什么。

她羞窘地偏过头，眼睫胡乱地颤着，心跳也突兀地加速跳动起来。

舒念率先走出社团教室，宋祺声在她后面走出来，将教室的门锁好。两个人沿着安静的走廊往前走，谁也没说话。

舒念心里的那个念头越来越强烈。

可只要他一天不明说，她就不敢肯定他是不是真的喜欢她，也不确定他这样算不算在追她。

宋祺声今天没有骑车过来。

他和她沿着马路，在路灯下，伴着影影绰绰的树影和他们的影子，一路走到宿舍公寓区域。

宿舍公寓区域有学校的广播设备，这会儿广播中心正在放学生点的歌。好巧不巧，正是张悬唱的那首《喜欢》。

舒念听着这首歌，有一瞬的恍惚。

她想起三年前的夏天，第一次在省图书馆和宋祺声遇见。

想起后来开学，又在班上见到他。

想起他们成为同桌，互相给彼此讲题。

想起那年冬天他抱着一把吉他唱歌。

想起他们因为文理分科，再也没办法在同一个教室相遇。

想起他们总会在省图书馆遇到，后来还会一起去附近的餐馆吃饭。

想起他们在大学军训的第一天就在C餐厅三楼偶遇。

想起他在社团聚餐的饭桌上替她解围。

想起他在图书馆偷偷用书给她遮挡阳光。

想起他骑车载她在漫天落日中沿着校园里的路骑行。

想起，今晚他默默陪了她两个多小时。

那么多和他有关的记忆画面，一幕一幕在她脑海中浮现。

往事再度浮现，心境已不似往昔。

以前上学的时候只是羡慕宋祺声如太阳一般耀眼，把他当作照耀她前行的光，却没想到，此刻，这个人已经刻在了她的心里。

更让她没想到的是，他们，竟然也许有了进一步的可能。

因为初遇他时是夏天，因为他在她心里是一个犹如夏季那般耀眼的男生。所以从遇见他的那天开始，她的世界就不再四季轮换，只剩下了最热烈的夏天。

今晚舒念心绪不宁，心里乱糟糟的同时，又有点欣喜在不断蔓延。

她戴着耳机，一直在单曲循环那首《喜欢》。

她被这种矛盾的情绪折磨着，迟迟没能入睡。

后来舒念点开朋友圈，编辑了一条动态，将权限设置成仅一人可见。

她发的动态内容是：在你那里是一个擦肩，在我这里是整个夏天。

而这条动态，仅宋祺声可见。

舒念是第二天早上起床时才看到微信朋友圈有未读消息。

她点进去，是宋祺声给她昨晚那条动态点了赞。

也是这时，舒念看到了宋祺声昨晚在她之后发的那条动态。

他化用了张悬《喜欢》里的一句歌词：在所有人事已非的景色里，我只喜欢你。

舒念犹豫了片刻，也给他点了一个赞。

12 她的夏天

9月30号，学校放了国庆假期。

晚上，舒念刚吃过晚饭，正在跟父亲和小妈说她明天回老家的事，手机就响了一声提示音。

宋祺声问她：我们哪天见？

似乎怕她不懂他在说什么，他又很快补充：说好的带伞伞见你。

舒念轻抿了下嘴唇，对他说：我明天要回江岭老家。

宋祺声还没回复她，她又给他发了一条：我6号回来，我们7号见面行吗？

宋祺声应允：好。

然后他又问她：7号大概什么时候？

舒念想到进入秋季后天气越来越冷，怕早晚的寒气会让猫咪着凉生病，便同他商量：中午？吃了午饭后，一点左右怎么样？

宋祺声答应：听你的。

随后，他给舒念发了一张小白猫的照片。

应该是他用微信的照相功能随手拍的，没有任何美颜，甚至有点模糊，但丝毫不影响舒念看清楚当初瘦弱的小流浪猫，现在圆滚滚的，毛发顺滑发亮。

舒念看着这张猫猫的照片笑弯了眼，回宋祺声：它好可爱啊！胖嘟嘟的！

宋祺声说：很能吃。

舒念好奇地问：它是妹妹还是弟弟呀？

宋祺声告诉舒念：是弟弟。

舒念回他：大白是大叔。

然后她就在相册里找了一张她之前拍的大白的照片发给了宋祺声。

舒念说：我今年暑假没回老家，没有大白最近的照片，这张是我寒假拍的。

宋祺声发来：跟伞伞好像。

然后又说：等你回了老家可以再给我发大白新的照片。

舒念笑着应：好。

隔天中午，舒念一到家就掏出手机对着大白一顿拍。

然后从拍了十多张照片中选了两张她最满意的，发给了宋祺声。

宋祺声没有立刻回舒念，舒念拿着手机等了会儿，总忍不住看他有没有回复。

过了会儿，她正在跟奶奶一起吃午饭，手机屏幕突然亮了亮。

舒念立刻拿起手机，是宋祺声的回复。

他说：刚刚去吃午饭了。

然后又说：大白看起来好温顺。

舒念笑着回他：是的！它超级温顺，还黏人，总会贴在我身边睡觉。

宋祺声似乎有点羡慕：伞伞不太黏人，不喜欢被人抱着，每次我抱它它都一脸不情愿，看起来很勉强。

舒念其实有点理解，她说：伞伞毕竟之前流浪过，可能警惕性高点，不太亲人也正常。

接下来的几天，舒念和宋祺声总会时不时地聊几句，大多都围绕这两只白猫展开。

5号那天，舒念去县里找江恬玩，江恬叫上了张鹏山和杨晗，四个人走去玩了一场密室逃脱。

等舒念从密室中顺利逃出来，打开储物柜取了包包和手机，她才看到宋祺声一个小时前给她发来的微信。

是伞伞在家里疯狂跑酷的视频。

舒念立刻回他：它好活泼！

随即就给他解释：我刚在玩密室逃脱，手机不能随身携带，放在柜子里了。

宋祺声似乎有些好奇：什么本？

舒念眉眼弯弯地给他发：恐怖本，甜甜全程尖叫。

宋祺声猜测：那看来你不太怕。

舒念如实道：其实有时候也会怕……不过没有甜甜那么害怕。

宋祺声问：就你们两个人吗？

舒念说：当然不是啦，还有两个男生，都是甜甜的高中同学，其中一个是我和甜甜初中的班长。

宋祺声过了片刻才回她：什么时候有空，我们也约着去玩密逃吧。

舒念看着他发过来的消息，心口蓦地一滞。

她有点期待地应允道：好啊。

“念念！”江恬突然出声喊她，还开玩笑说：“你跟谁发消息呢，笑得好开心。”

舒念瞬间抿了抿嘴巴，将笑意收敛了些。

“走啦，我们去吃肯德基啊！”江恬扬声道。

“来了。”舒念将包包挎到肩膀上，快步走了过去。

在和他们离开玩密室逃脱的场所时，舒念给宋祺声发了一句：我们要去吃午饭了，有空聊。

宋祺声说：好。

回乡下的公交车只有一辆，下午三点半从县城出发。

将近三点的时候，舒念和他们三个道别，一个人来到公交车站，等着一会儿上车回家。

过了五分钟左右，身后忽然有人叫她。

“舒念。”

正在玩手机的舒念转过身，看到了杨晗。

她有点意外他会过来，不解道：“杨晗，你怎么来这里了？”

杨晗表情有点不自在地低声说：“送送你。”

舒念眨了眨眼，敏锐地察觉到了不对劲。

她神色如常地笑笑，回他：“不用的，你回去吧……”

她的话音未落，杨晗就问：“你有喜欢的人了吧？”

舒念没想到他会突然这样问，微微怔住，不知道该怎么回答他。但他似乎不需要她回答，只嘴角轻扯着笑说：“我知道了。”

公交车已经来了。

杨晗说：“车来了，上去吧。”

舒念点点头，转身朝公交车的车门走去。

就在她要上车的前一秒，杨晗又叫住了她：“舒念。”

舒念扶着车门转头看向杨晗，男生站在秋日下午的阳光里，淡淡地笑着，对她说：“再见。”

舒念轻扬起嘴角回他：“再见，杨晗。”

7号中午，舒念在家里吃过午饭就回了房间。

她打开衣橱，挑挑选选了好久，最终还是决定着装从简，穿了一条牛仔裤和一件奶黄色的连帽套头卫衣。

她站在穿衣镜前，凑近镜子稍微拨弄了下披散的长发。

自高中毕业后，舒念就不再天天把头发梳成高马尾了，更多的时候是随意披散着。

而她的手腕上，也经常戴着备用的皮筋。

舒念没有拎包，只拿了家门的钥匙和手机就出了门。

她乘坐21路公交车到省图书馆时，宋祺声已经在等她了。

舒念从公交车上一下来就看到了站在马路对面墙边，怀里抱着一只白猫的男生。

他穿着黑衣黑裤，脚边放着一个黑色的猫包。

宋祺声在公交车门打开的时候就望向了她这边。

等舒念穿过马路来到他面前，两个人有一瞬目光相撞。

舒念强忍着慌乱，对宋祺声故作从容地笑了笑。

宋祺声也对她露出淡笑。

舒念走过来，忍不住伸手摸了摸他怀里的白猫。

她放软声音轻唤："伞伞？伞伞……你的名字好好听。"

白猫似乎很亲舒念，主动用它的脑袋蹭舒念的掌心。

宋祺声很意外地低笑道："它很少这样亲人。"

舒念故作自然地半开玩笑："可能知道我是之前那个用雨伞给它遮雨的人。"

"你要不要抱抱它？"宋祺声问舒念。

舒念点头，"好。"

她把白猫从宋祺声怀里抱出来，低头跟猫咪蹭蹭额头，白猫也乖乖地给她蹭，并不用爪子推她或者偏开头不配合。

宋祺声在旁边看着舒念和伞伞互动，眼底盈满了笑。

两个人带着猫，从他们遇到伞伞的那个墙根挪到了省图书馆前。

今天周一，省图书馆闭馆，馆前也没有其他人，他们俩在台阶上坐了下来。

舒念搂着胖乎乎的白猫给它挠下巴，女孩子温软的声音里泛着些许清甜：“伞伞，你好软啊，摸起来好舒服。”

宋祺声就在旁边看着，嘴角始终染着笑。

舒念撸了一个小时的白猫才把它还给宋祺声。

在这一个小时里，她的心跳频率就没有降下来，甚至有越来越剧烈的趋势，搞得她连呼吸都有点不畅。

舒念觉得自己不能再跟他继续这样待下去了，于是她站起来，努力维持着镇定对宋祺声说：“那……我回家了。”

宋祺声还抱着猫坐在台阶上，他仰头望着她，点了点头，应：“嗯。”

舒念转过身，在松了一口气的同时，又有点失落。

然而，她刚往前走了几步，宋祺声就在后面叫她：“舒念。”

舒念倏地停住脚步，转过身。

宋祺声抱着猫来到她面前。

他的眼睛不自然地快速眨了眨，说话也开始吞吐起来：“那个……伞伞说还想再跟你待会儿。”

舒念大脑一片空白地发出一声疑问：“啊？”

宋祺声突然有点挫败地叹了口气。

他像是用了所有的勇气，格外坦诚地对她低声说：“其实是我，是我想再跟你待会儿。”

舒念彻底愣住。

她愣愣地望着他，宋祺声的脸上浮出一层浅浅的红晕，连带着耳根和脖颈都染得通红一片。

“舒念。”

他紧张到声音都在发抖，低低地问她。

“你有感觉到吗？”

“我喜欢你。”

DAN LIAN GUI DAO

下卷

声声回响

01 喜欢小猫

2016年7月31日，周日，天气不太好。

宋祺声在钢琴老师家练完琴要回家时，外面正在下雨。

钢琴老师给他拿了一把雨伞：“带上雨伞，别淋了雨。”

“谢谢老师。”十五岁男生接过雨伞，很礼貌地道谢，然后就离开了钢琴老师家。

其实本来该老师去宋祺声家里教课的，但现在钢琴老师怀孕六七个月了，宋祺声和家人怕她在路上出什么意外，最终决定这几个月就让宋祺声去老师家里练琴。

钢琴老师是很有名的钢琴家，从宋祺声小学时就开始教他钢琴。

这些年宋祺声钢琴考级也很顺利。

因为距离不太远，宋祺声就没坐车，直接打着伞步行往家里走。

到省图书馆附近时，宋祺声远远地就看到一个女孩子撑着一把透明的雨伞蹲在地上。

再走近些，他才注意到她的脚边有一只脏兮兮的小流浪猫。

雨滴啪嗒啪嗒地打在伞面上，周围行人很少，但车辆挺多，汽车的行驶声和喇叭声盖过了她的声音。

他只看到她低头说了句什么，但没听清。

随后，21路公交车到站。

蹲在地上抚摸小猫的女孩子回头看了一眼，立刻起身。

她把雨伞留在了原地给小猫挡雨，飞快地跑着上了公交车。

宋祺声看着她，只见她在汽车启动时身体晃悠了一下，然后找了个靠窗的座位坐下了。

公交车缓缓驶离，宋祺声收回目光，回头看向躲在透明雨伞下的流浪猫。

他走过去，蹲下来，小猫嘶哑地冲他叫着。

还是异瞳。

宋祺声也不知道哪里来的念头，把小猫抱进了怀里。

他用搂着小猫的那只手撑着雨伞，另一只手把地上那把透明雨伞拿起来，收好，而后将钩形的伞柄挂在了他的手腕上。

宋祺声站在原地搜索了一下附近的宠物医院，最近的也要十多千米，他到路边拦了辆出租车，带这只小猫去了宠物医院。

到了宠物医院后，前台问他："小猫叫什么名字啊？"

宋祺声说："我刚捡的，还没取名。"

说完他忽然想到什么，又说："就叫'伞伞'吧，雨伞的伞。"

"麻烦帮它做全面的检查，然后再给它洗个澡剪剪指甲。"

经过一系列的检查，医生告诉宋祺声："这只小猫有猫藓，不过面积不大，它那块毛要暂时剃掉，需要每天都上药。"

宋祺声问："还有其他病吗？"

"没了，总体来说还是挺健康的，就是有点瘦，得给它补营养，你记得给它喂营养膏。"

接下来医生很耐心细致地告诉了宋祺声各种注意事项，最后又提醒宋祺声："猫藓是传人的，你平日注意点。"

“好，谢谢医生。”

这家宠物医院有自己的宠物商店，宋祺声索性就在这儿选了猫粮猫砂等各种小猫需要的东西。

他付完钱后叫了闪送，然后就带着小猫和雨伞打车回家了。

这晚因为迎接这只小猫，宋祺声在家里忙了很久。

睡前还因为要给伞伞喷治疗猫藓的喷雾，追着戴了伊丽莎白圈的小猫跑了大半个屋子。

新手上路，难免手忙脚乱，宋祺声自己一个人没办法给小猫喷药，还叫来爷爷奶奶帮忙摁着小家伙。

搞定一切关灯躺到床上后，累瘫了的宋祺声突然想起那个给伞伞留下雨伞的女孩，如果把伞伞交给她，她会不会接受呢?

宋祺声猜测她会不会是从省图书馆出来的，他感觉很大可能是。

不然也没必要偏偏在省图书馆站牌上车。

隔天周一，省图书馆闭馆。

宋祺声就在家里陪小猫玩，用逗猫棒逗它，让它跟自己熟悉，按时给它喷药。

下午三点多，好友季星朗和蒋枫叫他去打球，宋祺声就出门了几个小时，小猫则拜托给在家的爷爷奶奶暂时照看。

周二一早，宋祺声就踩着省图书馆开馆的时间出现在了省图外面。

进了省图后，他在书架上找了本《数独游戏》打发时间，然后找了个能看到门口的位置等前天那个女孩出现。但是一直到傍晚省图闭馆，她都没有出现。

周三宋祺声依然从早等到晚，也没看到她的身影。

宋祺声有点怀疑自己推测错了。

可能她真的就只是单纯地在省图站牌上车而已，并没有来过这里。

但他心里有点不甘心，最终决定明天再去看看。

周四早上，宋祺声准时到了省图。

随即他就坐在前两天坐的那个正对门的位置，和前两天一样，等着她出现。

不多时，宋祺声眼睛一亮。

他终于看到了她。

女孩子穿着一条白色的连衣裙，扎着高马尾，她的头花上有一个粉色的蝴蝶结。

宋祺声亲眼看到她走到了两个书架之间。

而她去的那边，刚好是书籍分区的位置，左侧是人物传记，右侧是和数学逻辑相关的书籍。

他抿了下嘴唇，起身也走过去，发现她正在左侧的书架上寻找着什么书。

过了会儿，她终于抽出一本人物传记。

就在她转身的那一刻，他故意往前走了两步，和她稍微撞了下。

他强装镇定地对她道歉："抱歉，撞到你了。"

她看了他一眼，声音很轻地回了他一句："没关系。"

她的声音很软，糯糯的，听起来就很乖。

让他想到了喵喵叫的伞伞。

她说完就快步离开了书架前，宋祺声随手从右侧的书架上抽出那本《数独游戏》做掩饰。

他拿着书折身返回时，她正坐在一张桌前低头翻那本人物传记。

而她坐的位置，斜对面刚好没有人。

宋祺声走过去，在她斜对面落座。

他偷偷用余光瞄了她一眼，发现她看书看得很入迷，专注到仿佛周围的一切都被她自动屏蔽了。

她认真的模样，真的很可爱。

宋祺声一时间不知道该怎么跟这个女孩开口说，我有只流浪猫想交给你养。

从这天开始，宋祺声每周的周二到周五都会出现在省图书馆。

因为他周六日要去练琴，周一省图书馆闭馆。

而她每天都在，并且一直坐在同一个位置。

所以他也一直坐在她的斜对面，想找机会开口。

但距离暑假结束的日子越来越近，宋祺声有想过走过去直接说，或者要她的联系方式，可他最终都没有迈出这一步。

他怕吓到她，也怕被她拒绝。

更何况，他似乎已经习惯了伞伞的存在了。

九月一号当天，沈城一中开学。

宋祺声没想到会这么巧，能在自己的班里见到她，也算是一种缘分吧，但他早已经不想把伞伞送走了。

因着这种缘分，他对她的关注，总是会多一点。

为了让大家有个基础的了解，班主任叫他们按照学号的顺序做一个简短的自我介绍。

因为宋祺声的学号是1号，所以他要第一个站起来自我介绍。

在站起来的那一瞬，他不由自主地看了她一眼，然后才说："大家好，我叫宋祺声，唐宋的宋，顺颂时祺的祺，声音的声。"

齐贺问他："顺颂时祺的祺是哪个祺啊？"

宋祺声笑着说："左边一个示字旁，右边是其中的其。"

说完，他又忍不住往她在的那个方向望了望。

宋祺声坐下后，就一直在等她做自我介绍。

他一边等，一边在心里计数。

终于，在他默数到"48"的时候，她站了起来。

她有点腼腆害羞，看起来还有些紧张。

随即，女孩子嗓音很轻地温软道：“大……大家好。”

她顿了顿，然后很小声地说：“我叫舒念……”

“什么？”坐在宋祺声旁边的蒋枫好心地提醒，“同学，大声一点，这边听不清。”

宋祺声看到她瞬间涨红了脸。

似乎是鼓足了所有勇气，她声音稍微大了一点：“我叫舒念，舒是舒畅的舒，念是念念不忘的念。”

舒念。

念念不忘的念。

他望着满脸通红坐下的她，嘴角微微扬了扬。

班主任等所有同学都做完自我介绍后，帮他们重新调了桌。

宋祺声还是和蒋枫一桌，在靠窗的最后一排。

而舒念，在中间第四排。

她在他一抬头就能看到的地方，宋祺声发现，她总是在低头学习。

一直都在学习。

莫名的，他有种直觉。

他感觉她月考会考得不错。

距离月考还有两天的那天傍晚。

一放学蒋枫就拉着他往外奔，宋祺声笑着甩开蒋枫的手，让他自己跑，不要带他。

因为这样疯跑看起来真的很傻。

出了教学楼，他本来在不紧不慢地走着，却意外看到舒念慢吞吞地往前挪动，偶尔还停下片刻。

她一边走一边低头玩手机，大概是在跟谁发消息。

宋祺声稍微抬了抬眉梢，突然加快了脚步。

他从她身旁快步经过，来到她前面几步远的地方，停下，胡乱滑动着手机屏幕，假装自己在玩手机。

几秒后，他的后背被人撞了下。

随即他就听到舒念的声音从他身后传来。

她慌乱地道歉："对不起……"

宋祺声这才回头看她，淡笑着回她："没关系。"

本来低着头的她，忽然抬头看了他一眼，然后就快步绕开他走了。

宋祺声在后面望着她的背影，嘴角盈上了笑意。

须臾，她突然跑起来，书包上那只猫咪挂件因为她的跑动不断地摇摆着。

舒念一路跑出学校，似乎要赶公交车。

而这样跑走的她，很像一只受了惊吓落荒而逃的小猫。

可是，等宋祺声走出学校，舒念还在马路对面的公交站牌等着。

就在这时，有一辆公交车缓缓驶来，在站牌停靠。

等公交车从公交站牌驶离后，那里已经没有舒念了。

宋祺声看向逐渐驶远的公交车。

是52路。

她回家，要坐52路公交车。

喜欢小猫 02

宋祺声的直觉没出错。

舒念这次在班里进步了16名。

虽然现在学校已经不再给大家发印着所有同学的成绩单，而是给每个人各自的成绩条，但班长手里是有一张全班同学的成绩单的。

宋祺声从齐贺那里看到了舒念这次月考排名32。

她进步了16名。

宋祺声无意识地笑了。

她应该也挺开心的吧，进步这么多。

而后，他仔细看了看她每科的分数，发现她英语很强，几乎满分，而物理却只有53分。

偏科比他严重多了。

因为明天就是国庆节了，这天放学前，班主任利用最后一节课给他们开了个班会，总结了一下这次的月考，然后把他根据月考成绩安排的座位表用多媒体打开，让大家在放假之前换好座位。

宋祺声没想到，他会和舒念成为同桌。

他把桌凳和书本都搬过来时，舒念的课桌已经放在外侧了。他看了看舒念课桌和他课桌之间的空隙，抬手把凳子放下来，整理好桌面，又看了眼舒念的课桌。

然后，宋祺声伸出手，把舒念的课桌往他这边拉了拉，将两张课桌并在一起。

做完这件事，宋祺声到走廊里吹了会儿晚风，等他踏进后门，就看到舒念正坐在她的座位上。

宋祺声抬脚，朝她走去，到了她课桌旁，宋祺声忽然不知道怎么做才自然。

他停了片刻，才抬起手敲了敲她的课桌，努力让自己的语气听起来自然又平静，淡淡地对她说："我进去一下。"

舒念立刻站起来给他让了路。

他贴着她的课桌边缘侧身进来，坐下。

接下来，各科的课代表开始发假期作业——试卷。

等所有试卷都发完，宋祺声把试卷按照学科整理好，装进了书包里。

而他旁边的舒念，已经提前做起假期作业来。

她总是这样，低着头学习，认真又专注。

让他觉得跟她说句话都很罪恶，因为会打扰她，浪费她学习的时间。

宋祺声默默地收回目光，扭头看向窗外，却意外在玻璃窗中看到了自己和她的身影一块儿被映在上面。

宋祺声眼睛弯了弯，他拿起手机，对着窗外拍了一张照片。

伞伞的猫藓在九月下旬就治好了，所以国庆假期的前三天，宋祺声很放心地跟着爷爷奶奶出去旅游了。

三天两夜的出游结束，宋祺声在4号去了省图书馆。

他以为舒念肯定会在，但却发现她没来。

宋祺声一开始以为舒念起晚了或者有事，要晚点才过来，可直到图书馆闭馆，他都没等到她。

接下来的两天，舒念也没出现。

一直到国庆假期最后一天的下午，舒念终于出现在了省图书馆内。

在这里等了她好几天的他，终于在假期最后的半天遇见了她。

舒念和往常一样很认真地学习，心无旁骛。

中途她去卫生间那边的走廊接了通电话。

宋祺声借自己要上厕所的理由也走了过去，他在心里幻想着或许他们能简单地出声打个招呼，哪怕只点点头也行。

毕竟他们现在算是同班同学了，见了面打个招呼很正常。

但很不巧，她正巧背对着这边。

宋祺声从她身后往另一边拐弯时，刚好听到舒念带着哭腔说："我没哭。"

听起来像在撒娇。

明明就在哭。

宋祺声进了男卫生间。

他有些心不在焉，满脑子都在想她为什么会哭。

这通电话和她这几天没有来省图书馆有什么关联吗？

是她家里出了什么事吗？

她到底怎么了？

等他再回到座位时，舒念已经回去了。

他坐下后用眼角的余光偷偷看她，注意到她用纸巾擦掉了眼泪，然后就重新拿起笔，继续学习。

宋祺声在和季星朗蒋枫的三人微信群聊里给他俩发信息，约他们骑车出来打球。

Echo：下午五点，省图站牌旁边见。

蒋枫回他：没问题！

季星朗随后也回了宋祺声：OK!

这天傍晚，宋祺声在舒念还在收拾书包的时候就拎起书包离开了省图书馆。

他给自行车开了锁，骑着单车到公交站牌后的非机动车道上，靠边停下。

正在跟季星朗聊天的蒋枫见宋祺声来了，便说："走着！"

宋祺声却出声阻止了要蹬车往前行的蒋枫："等会儿。"

蒋枫不明所以地看着宋祺声把手机从兜里掏出来，开始在屏幕上戳戳点点。

蒋枫问宋祺声："声哥，你干吗呢？"

季星朗直接简单粗暴地抬腿踢了宋祺声的自行车一下。

"走不走？"

宋祺声"嘶"了声，语气警告："收好你的蹄子。"

然后解释："等会儿，发消息呢。"

"哟，给谁发消息呢？女孩子吗？"蒋枫挤眉弄眼，故意闹他。

宋祺声飞快地往公交站牌那边看了一眼，舒念正站在站牌旁，不知道有没有听到蒋枫胡诌的话。

然后他又瞬间收回目光，笑骂了几句。

21路公交车来了。

宋祺声看到舒念上了公交车，找了个靠窗的位置坐下。

宋祺声收起手机，也不管那两人，自己径直蹬上车率先往前冲去。

蒋枫骂了声，随后和季星朗也骑车追了上去。

公交车很快就追上了他们，然后将骑单车的宋祺声超越。

宋祺声不甘示弱地加快速度，试图和公交车赛跑。

而坐在公交车上的舒念，已然从他的视线中消失了。

国庆节返校后，各个班都开始为即将到来的秋季运动会做准备了。

各科课代表喊大家交作业的时候，作为体委的蒋枫也跟着凑热闹，在教室里喊，让大家踊跃报名参加校运动会。

宋祺声这个他多年的好友，自然更会被他软磨硬泡。

“声哥，我知道你跑步快，你就报个项目吧，”蒋枫大言不惭地阿谀奉承，“咱们班的短跑项目可就指着你了！”

宋祺声白了他一眼，不为所动。

蒋枫试探地说：“我可给你报名了啊？我真给你报了！”

宋祺声被他磨得没脾气，最后答应参加男子一百米短跑。

蒋枫嘿嘿笑着给宋祺声填了报名信息。

舒念大课间和她之前的同桌司凝出去了一趟，回来时她嘴里含着一根棒棒糖。

宋祺声看着放在课桌上的棒棒糖包装纸，发现她吃的是草莓味的。

第三节课的上课铃打响时，舒念还没把糖吃完。

在英语老师踏着铃声走进教室的时候，她慌忙把糖嚼碎，囫囵吞咽下去。

这节课英语老师讲月考的试卷。

宋祺声从小英语就一般，当然，这是相对于其他几科来说。

单看他的英语成绩，其实也还行。

但是和另外几科放在一起，就能明显看出来他英语成绩有点拉分。

尽管这样，他每次依然能拿到年级第一。

对一门课不感兴趣的最明显反应是，会觉得老师讲课像催眠曲。

此时的宋祺声就觉得英语老师在给他催眠。

最终，他抵挡不住困意，趴到桌上睡着了。

宋祺声在梦里梦到了舒念。

他问她昨天在省图书馆为什么哭，她还没回答他，宋祺声忽然就听到了有个人在叫他的名字。

紧接着，眼前的梦境凌乱成碎片。

而后宋祺声听到了舒念的声音：“宋祺声，醒醒。”

她温软轻细的嗓音从很远的地方传来，飘飘渺渺的。

他不由自主地激灵了一下，蓦地睁开眼。

舒念就在她眼前。

宋祺声有种还没从梦中脱离的混沌感，目光茫然地望着她，舒念躲闪开目光，脸颊泛红地小声提醒他：“老师喊你。”

就在这时，英语老师又喊了他一声：“宋祺声。”

宋祺声懒懒散散地站了起来。

英语老师问：“醒了没？”

宋祺声坦然自若道：“嗯，醒了。”

于是英语老师就开始提问，让他说说‘impressive’这个单词是什么意思。

宋祺声蹙了蹙眉，觉得这个单词很耳熟，但由于他刚刚睡醒，大脑还没启动，一时间还真的想不起来这个单词是什么意思。

英语老师又耐着性子说了一遍英文，像在提醒他：“Impressive.”

宋祺声也不耽误时间，如实道：“抱歉，老师，我不知道。”

英语老师叹了口气，说：“来，同桌回答一下。”

舒念乖乖站起来，轻声回答：“形容词，印象深刻的。”

英语老师又问宋祺声：“宋祺声，记住了吗？”

宋祺声笑着回老师：“记住了。”

英语老师继续问他：“那你说说‘一个印象深刻的人’的英文。”

他故意说了一个错误答案：“A impressive person.”

英语老师被宋祺声弄沉默了。

“舒念，”英语老师问她，“你觉得‘一个印象深刻的人’怎么说？”

舒念轻声答：“An impressive person.”

英语老师终于获得了些许安慰，她对宋祺声说："祺声啊，我看你其他几科成绩都挺好的，怎么就英语不行呢？咱能不能多花点时间提高英语？"

宋祺声并不觉得难堪，他淡笑着应："好的老师。"

英语老师很操心地叮嘱他："你们班主任为什么要让你俩同桌？目的不就是想让你有不会的英语题多问问你同桌吗？你守着英语年级第一，这时候不问还要等到什么时候啊？等到你们下次调座位分开，那就晚了。"

"平常没事多问问，多交流交流，对你有好处。"

宋祺声当然知道班主任把他和舒念安排成同桌的用意是让他俩互帮互助，取长补短。

但他总怕打扰到她学习，所以一直没问她问题，就连说话都没怎么说过。

宋祺声依然笑着答应："知道了老师。"

"行了，你俩都坐下吧。"英语老师不放心宋祺声，又提醒了一句，"别再睡了啊。"

"好。"宋祺声点头。

他强撑着上完这节课，一下课就又趴在了课桌上。

英语老师讲课真的好催眠啊。

宋祺声闭眼想。

第四节课上课铃打响，宋祺声懒洋洋地伸了个懒腰，后桌笑着问他："声哥，你昨晚干吗了，怎么这么没精打采的？"

他随口瞎说："打游戏。"

男生都对游戏有很强烈的兴趣，宋祺声的后桌也不例外，他很好奇地问："什么游戏？英雄联盟吗？"

宋祺声顺势应了声"嗯"，然后像在掩饰般，多说了一句："刚才做梦都在推塔。”

03 喜欢小猫

10月13号，沈城一中秋季运动会拉开帷幕。

宋祺声报名参加的男子一百米短跑是上午第一个项目。

他在第2组，第4跑道。

宋祺声在自己的跑道上准备时，就注意到了舒念和司凝站在跑道内侧的草坪上，她们周围也有不少10班的同学，大家都在等他上场。

须臾，随着裁判的一声枪响，宋祺声瞬间冲出起跑线。

他飞快地向前奔跑着，双脚仿佛都要脱离地面。

在周围不绝于耳的加油声中，宋祺声第一个闯了终点的红线。

身后有同班同学大声喊着他的名字："宋祺声！宋祺声！宋祺声！"

宋祺声在冲过终点线后减速，由于身体惯性又往前跑了一段距离。

他听到大家在叫他，便转过身来，看向本班同学聚集在一起的那个方向。

舒念也在其中。

他的心脏依然因为冲刺剧烈跳动着，呼吸也很急促。

宋祺声望着舒念，冲她笑着抬高手臂挥了挥。

宋祺声录完成绩后回教室歇了会儿，等他再回到操场，就听到同班同学说本来要跑女子100米的萧晓脚扭伤了，换成了舒念上场。

宋祺声瞬间加快速度，迈着大步往100米比赛的跑道那边走去。

他来到蒋枫身边时，舒念刚好起跑。

蒋枫正在兴奋地扯着嗓子为舒念加油，嘴里大声喊着："舒念！舒念快跑啊！加油冲！！！"

喊得都破音了。

宋祺声没忍住，踢了蒋枫一脚，他的眼睛望着舒念跑远的背影，语气嫌弃地说蒋枫："嚎破音了。"

蒋枫根本不在意这个，他的注意力还在舒念身上。

宋祺声也一直瞅着舒念，在心里为她捏了一把汗。

好在她是第二个达到终点的，不出意外应该能进决赛。

蒋枫在舒念跑完后特别惊喜地激动道："没想到舒念平时看起来文文静静的，跑起步来气势很强啊！"

"我觉得萧晓都不一定能跑小组第二，她居然跑了第二，这肯定能进决赛了吧！"

宋祺声也因为舒念跑了小组第二笑了声，但他故意给蒋枫泼冷水："不一定，要看用时，这一组整体慢的话，没准小组第一都没办法进决赛。"

蒋枫直勾勾地望着录完成绩往这边来的舒念，语气笃定地回宋祺声："我觉得舒念能。"

宋祺声听闻，看了看蒋枫，又瞥了眼蒋枫手里拿的这件校服。

校服上写着舒念名字的胸牌刚好露出来。

他没再说话，微微抿唇转头看向了别处，默默在心里纠结要怎么说恭喜她的话才自然。

等舒念过来，蒋枫一边把衣服递给她，一边高兴地夸她："舒念，你真的很棒！跑得好快！"

舒念的脸有点红，不知道是刚才跑步跑的，还是被蒋枫夸的。

她嗓音轻细地对蒋枫说："我去找司凝。"说完，她就转身往跳高的场地走去。

根本没说话的宋祺声在舒念走后，不由自主地扭头看向她，然后有点挫败地低叹了口气。

他错过了恭喜她的机会。刚刚哪怕说个"恭喜"也行啊。

宋祺声非常懊恼。

隔天，宋祺声没有项目，他在操场待得无聊，就从操场回了教学楼这边。

走到教室后门的时候，宋祺声刚好看到蒋枫站在舒念的课桌旁边。

而教室里，就他们两个人。他亲眼看到蒋枫给了舒念一瓶可乐，然后又听到蒋枫和舒念在聊天，舒念看起来有点慌张和无措，似乎是第一次遇到这种情况。

宋祺声的心脏本来都被吊在半空了，听到她的话又忽然落了地。

他无声地笑了笑，转身去了走廊尽头的卫生间。

等他再回到教室，蒋枫已经离开了，只剩舒念一个人。

她正在把可乐放回蒋枫的课桌上。

宋祺声看了她一眼，径直朝座位走去。

而舒念直接从后门出去了。

他从她课桌前经过时，看到她摊在桌面上的试卷是物理，草稿本上工工整整地写着每一道题的解题步骤。

他在自己的位置上坐下来，百无聊赖地趴在桌上，望着她课桌上放的试卷和笔发呆。

没一会儿，宋祺声听到了脚步渐近的声音。

不知为何，他直觉是舒念，听脚步声就能知道。

宋祺声不知道要怎么单独跟她在教室里相处，索性转过头闭上了眼，假装自己在睡觉。

他听到她轻轻挪动凳子坐下的动静，然后又听到了她用笔在纸上写字的沙沙声。

须臾，他佯装自然地换了个方向枕胳膊，这次面朝她而睡。

舒念根本不知道，在她低着头认真学习的时候，他身旁的男生虚眯着眼看了她好多次。

高一10班在运动会上的总积分排第一，学校奖励他们秋游一天，费用和大巴车都由学校出。

班主任便定了周六带他们去秋游。

因为要看日出，所以需要大家起很早。

宋祺声到学校门口的时候，班上的同学还没来几个，班主任正在跟班长说：“齐贺，一会儿一定要再三清点人数，确认都到了咱们再出发。”

宋祺声对班主任提议，说：“老师，那不如同桌坐在一起，这样一会儿谁还没到一下就能看出来。”

班主任觉得可行，于是在人到得差不多后要上车时，跟所有人说同桌要坐在一排，方便统计人数。

舒念在宋祺声前面上的车。

等他走过来时，她还在过道里站着。

宋祺声对她说：“你坐里面吧。”

舒念点了点头，应道：“好。”

在大巴车带他们去津海大桥看日出的路上，总是不由自主就去关注舒念的宋祺声发现她正举着手机拍窗外的黎明。

他低下头，垂着眼盯着自己的手机，胡乱翻着相册里的照片，心里泛起一丝丝欢欣，嘴角也轻轻扬了些。

他的手机相册里大多都是家里那只小猫的照片，众多猫照中，夹着一张玻璃窗的风景照。

大巴车到津海大桥一侧停下，在下车之前，班主任特意嘱咐大家注意安全，只能在非机动车道这边等日出。

等车门打开，宋祺声起身随着周边的同学一起下了车。

舒念在他后面下来的。

宋祺声回头看了眼，她一下车就被司凝拉着往前小跑，率先找位置拍照去了。

宋祺声不动声色地慢慢向她靠近。

他始终注意着她的动静。

一开始是她给司凝拍照，后来司凝让她摆姿势给她拍。

她是一个很好的女孩子，认真专注，踏实努力，从不被外界所干扰，而且似乎很有目标和追求。

还有一点，她有爱心，很善良。

经过这十多天的同桌相处，他还发现她很喜欢跟着英语广播哼歌。

每次英语听力自习之前的那个课间，教室里就会提前播放英文歌，她会很轻很轻地跟着哼。

其他时候，她偶尔也会在课间哼很舒缓的调子。

那首歌叫《宝贝》，宋祺声知道。

他最近正在自学那首歌的吉他弹唱。

看完日出后，大巴车把他们送到了植物园。

宋祺声和蒋枫结伴走着，但他的目光总会下意识地逡巡周围，寻找舒念的身影。

蒋枫今天还特意背了把吉他来。

中午吃饭休息的时候，蒋枫很有兴致地拿出吉他，弹了一首很应景的《晴天》。

他弹完后，宋祺声碰了碰他的肩膀，又指了指吉他。

蒋枫就把吉他递给了宋祺声。

宋祺声想起舒念经常哼英文歌，就弹了那首《My Love》。

本来他只打算弹唱这一首的，但是大家都起哄要他再弹一首，宋祺声就把广播里经常在英语听力课之前放的另一首英文歌也弹唱了一段。

他弹吉他的时候，会忍不住望向舒念。

而她始终背对着他。

04 喜欢小猫

宋祺声刚唱完，班主任杨其进就来到了他旁边，调侃说：“每次考试英语总是差那么点，唱英文歌倒是挺顺溜。”

宋祺声笑了声，回答：“老师，这不一样，完全是两码事。”

杨其进并不跟他就这点争论，而是问道：“知道我为什么让你跟舒念当同桌吧？”

宋祺声心里当然清楚，他点点头说：“知道知道。”

“你不会的英语题请教过你同桌吗？”杨其进又问。

宋祺声一时不知道该怎么回答。

肯定是有不会的英语题，也想过要问舒念。

但他总怕打扰到她学习，占用她的学习时间。

“把握好机会，有问题赶紧问，期中考试后我还会调座位的，到时候你们可不会再继续是同桌了，别错过了再后悔。”

杨其进提醒宋祺声。

宋祺声听到班主任这番话，心里突然有点闷。

期中考试后还会调座位，这就意味着他们到时候肯定不能继续做同桌了。

他拨弄着吉他，有些心不在焉地回：“好的老师。”

下午三点多钟，在音乐喷泉开放的时候，班主任给他们每个人发了一枚硬币，让他们对着音乐喷泉许愿。

宋祺声在大家都闭着眼睛许愿的时候，一直在偷偷注意舒念。

他看到她闭上眼，表情非常认真。

过了一会儿，在她睁开眼要将硬币抛出去的那一刻，他抓住机会也把手中的硬币丢进了喷泉池内。

他忘记了闭眼，于是他又重新许了一个愿望。

周一这天，沈城下了一天的雨。

傍晚要放学的时候，雨终于停了，可学校有段路存了积水，而且是出学校的必经之路。

宋祺声走出教学楼的时候，就看到舒念已经挽好裤腿蹚着积水小心翼翼地往前走去。

她一边慢慢走一边用雨伞的伞柄探路。

宋祺声随意将裤腿往上提了提，就这么下了水。

他一直走在她身后，和她保持着两米远的距离。

须臾，宋祺声看到舒念身体失去平衡，人就要摔倒在水里。

他立刻往前急跑了两步，然后朝她伸出手。

可他太胆小，连她的手腕都不敢抓，最后只拽住了她的雨伞。

宋祺声用了点力道把雨伞往自己怀里的方向拉了拉，舒念也因此借力稳住了身体，没有摔进水中。

她仰起脸，语气里惊慌还未散去，小声对他道谢：“谢谢……”

宋祺声故作镇定地回她：“不用。”说完他就松开了还抓着她雨伞的手。

舒念继续往前走去，宋祺声就在她身侧，和她并排走。

他很想和她说句话，什么都行。

可他又不敢主动找她聊天。

两个人沉默地走出积水路段，眼看她就要出校门了，宋祺声最终还是鼓足勇气，突然出声问她：“你有不会的物理题吗？”

舒念转身望过来，宋祺声佯装自然地和她对视了一瞬，然后就和她不约而同地撇开了视线。

她可能不会撒谎，很诚实地回答他说：“有，很多。”

宋祺声莫名被她这句“很多”给可爱到。

他忍不住笑了下，本来紧张的心情也稍微放松了些，顺着她的话又问：“那你怎么不问我？”

舒念没说话，气氛回归到了沉默，宋祺声又开始紧张，甚至有一瞬在反思自己是不是说错话了。

他急忙找补，想让气氛缓和点，于是故作淡定地用很放松的语气说：“看你天天低头学习，上课学下课也学，你不问我物理题，我也不好意思打扰你问你英语。”

她语气认真地轻声道：“没事的，你有不会的就叫我。不会打扰。”

“好，”等到她肯定回答的宋祺声心里止不住地欢欣，就连语调都扬了起来，笑着说：“那我明天找你问。”

两个人这会儿已经走出了学校。

宋祺声一抬眼，发现舒念回家要坐的那趟52路公交车正往这边驶来。他立刻提醒舒念：“车来了。”

她看了眼公交车过来的方向，然后就抬手对他挥了挥，人一边往站牌跑去一边语速飞快地对他说：“再见。”

宋祺声站在校门口，望着她奔跑的身影，想到了她这段时间在学习上也一直在奔跑。

宋祺声觉得舒念期中考还会进步，就凭她每天都这么刻苦地学习。

隔天上午大课间，宋祺声去了趟卫生间。

他回到教室后，径直走到舒念的座位旁，用手指点了点她课桌的边缘，像是在给她发什么暗号。

舒念很懂地起身给他让路，让他进去。

这是他俩这段时间在他要进出座位这件事上的交流方式。

宋祺声一直在心里记着舒念昨天答应要给他讲英语题，于是，他在坐回座位后就拿出被他勾了错题的英语试卷。

宋祺声有点紧张地抿了下嘴唇，然后才开口，问重新坐到座位上的舒念：“现在可以吗？给我讲几道英语题。”

她点点头，回他：“可以的。”

宋祺声便把他的试卷往她那边推了推，伸出手指随便指了一道被他用红笔勾出来的选择题，问：“这个，为什么选of，而不是for或者to？”

问出口后他才想起来，他自己之前已经查了这道题，是个词组的固定搭配，没有为什么，背过就行了。

舒念随后也告诉他：“这个是固定搭配，记住就行了。”

宋祺声只能假装自己是她说了才知道这道题是词组的固定搭配，回了句：“行吧。”

他的眼睛在试卷上搜寻着，又指了另外一道，“那这道呢？”

这道他是真的不会。

舒念看完题后很认真地给他翻译，讲解这道题为什么选C选项。

过了会儿，宋祺声终于弄明白了这张试卷上的还不懂的错题，他收起试卷，对舒念说：“你有不会的物理题也可以问我。”

舒念从书立中抽出本子翻开，指了指一道被她整理在本子上的电路题型，语气有点苦恼道：“这道，怎么都搞不明白。”

宋祺声从她的课桌上拿过她的草稿本，注意到她连草稿本上的计算过程都写得很工整，于是也不由自主地规规矩矩在她本子上画出电路图，开始给她讲。

从这天开始，宋祺声终于和舒念多了一点点交流。尽管他们大多数和对方说话都是因为有问题要问对方。

但这已经让宋祺声很满足了。

至少，他们似乎没有那么生疏了。

十一月上旬，两天的期中考结束。

宋祺声从考场回教室时，突然想起班主任之前说，期中考试完他还会重新给大家排座位。

宋祺声心里顿时有些闷。

他多想就这样跟舒念当整个高中的同桌。

然而，可是……

宋祺声回到教室时，回来的人并不多。

他把自己的课桌拉回原位，站在原地片刻，又走到不远处，将舒念的课桌搬了回来，和他的课桌并好。

也就这一次了。

他也就有这一次能理所当然帮她恢复座位的机会。

因为他们现在还是同桌，所以他这样做，不会有人多想。

随后宋祺声去了教室外搬书，等他把书搬得差不多，也整理得差不多，就去卫生间洗了洗手。

其实宋祺声还有几本书放在了教室外的窗台上没拿进教室。

他并不着急。

直到舒念的身影出现在教室外，他才走过去拿自己的书。

宋祺声注意着舒念的动静。

她一开始试图将整个书立抱起来，但没能成功，可能因为书放在地上，搬起来比放下去要吃力得多。

于是，这个女孩子便默不作声地想暂时拆掉书立，打算分批搬。

宋祺声抱着几本书走到她身后侧，忐忑地问："要不要我帮你？"

舒念听到他的声音，转身看向他。

宋祺声怕被她拒绝，在她开口之前又说："我帮你搬吧。"

他说着，把手里那几本书交给舒念，让她去旁边。

就这样，宋祺声帮她搬了书。

进了教室后，他把她的书立放在她的课桌上，舒念把他的书还给了他，然后对他轻喃："谢谢你。"

宋祺声垂眼望着她，只笑着没说话。

还好，在他们不能继续是同桌之前，他为她做了一点事。

三天后，期中考试的成绩出来。

新的座位安排表也出来了。

果不其然，宋祺声和舒念不再是同桌。

她的同桌又变成了司凝，而他去了靠近后门的最后一排，跟班长齐贺是同桌。

宋祺声在调完桌后对坐在他旁边的齐贺说："班长，给我看看全班的成绩单。"

齐贺笑道："你还在意成绩单呢？除了英语你每科都是年级第一。"他一边说着一边从桌屉里摸出成绩单递给宋祺声。

宋祺声拿到成绩单就找舒念的名字。

最后在第24名的位置看到了她。

上一次32名，这一次24名。

那下一次，她会不会直接进入前20名？

宋祺声嘴角漾开一抹淡笑，继续看她每科的成绩。

虽然还是物理拉分，但是她的物理成绩正在慢慢提高。

这次考了71分，至少及格了。

希望她下一次继续进步。

她的潜力应该不止于此。

宋祺声的直觉是准的。

舒念在十二月中旬的第二次月考中，考了班里第20名。

他看出来她进步缓慢了，但她依然在往前冲。

她的所有努力都以成绩展现了出来。

就算大家不知道，他也知道。

他知道她很努力，也很棒。

距离高考还有两年半。

两年半的时间，对她来说应该足够了。

05 喜欢小猫

这次班主任再次按照成绩调了座位，只不过宋祺声没能再次和舒念成为同桌。

舒念的同桌是蒋枫，而他的同桌则是班上的一个女生。

这是宋祺声这么多年来，第一次这么羡慕一个人。

而他羡慕的对象，还是他从初中就一起玩的好哥们。

蒋枫的表现是热烈的、直白的、不加掩饰的。

从这天开始，宋祺声每天都眼睁睁看着蒋枫早上一来到学校就拿起舒念的水杯去水房给她接满热水。

可没过几天，宋祺声就发现舒念开始在放学时带走水杯。

她在变相委婉地拒绝蒋枫对她的照顾。

临近平安夜和圣诞节的周二大课间，宋祺声去了趟学校的小卖部。

他其实是去买水的，但在朝冷柜走去的时候，看到那么多各种口味的棒棒糖挂在货架上，宋祺声忍不住停下了脚步。

草莓口味的只剩两个，他都拿了。

然后宋祺声捏着棒棒糖来到冷柜前，找他想买的汽水。

就在这时，宋祺声听到了司凝说话的声音。

他望向小卖部门口，果然看到了舒念跟司凝一起走进了小卖部。

宋祺声立刻转过头，假装不知道她来。

很快，他就听到她的脚步声越来越近。

应该是想买棒棒糖。

但最后两根草莓味的棒棒糖在他手里。

宋祺声在冷柜前掏了掏裤兜，从里面拿出五块五现金，再把剩余的钱放回装着手机的裤兜里，将这五块五放在另一个裤兜。他打开冷柜，从里面拿了一罐标价五元的北冰洋，然后去了收银台。

宋祺声在付钱的时候，从兜里掏出五块五，然后有点抱歉地对收银员说："抱歉啊姐姐，我只带了五块五的现金，就要一根棒棒糖好了。"

收银员对宋祺声印象还蛮深刻的，毕竟是长相出挑又很有礼貌的男孩子。

她没有一丝不耐烦，笑着说："好。"

于是宋祺声把其中一根棒棒糖留在了收银台。

转身离开小卖部时，宋祺声在心里祈祷舒念能买到那根棒棒糖。

他还没走几步，有个女生突然就拦住了他的路，直接跟他说："宋祺声，我是4班江沁沁，这是我给你写的信。"

这个叫江沁沁的女生掏出一封粉色的信递给他，大着胆子继续道："希望能收到你的回复。"

宋祺声根本没想过会被人在学校里堵在路上这么光明正大地递信。

他被吓了一跳，不由自主地往后退了退，拉开了些和女生的距离。

等江沁沁把话说完，宋祺声才特别歉意地拒绝她："抱歉，同学，信我不能收，祝你学习顺利。"

这周周五放学时，宋祺声亲眼看到蒋枫给了舒念一个包装精美的平安果，然后就逃也似的跑走了。

只留下舒念一个人站在座位旁不知所措。

他看她表情很为难，就想帮帮她。

宋祺声走到舒念身后，低声问："要我帮你还给他吗？"

舒念扭头看向他，似乎有点尴尬，又很快垂下了眼。

但她没有拒绝他要帮忙的好意，而是点点头，把盒子递给他，话语很轻地说："麻烦你帮我还给他，谢谢了。"

宋祺声接过这个平安果，应声："好。"

他拎着装有平安果的盒子走出教室后，给蒋枫发微信，问他在哪儿。

蒋枫很快就用语音回了他："学校附近的台球厅，来吗？"

宋祺声也发了条语音给蒋枫："三分钟。"

等他到台球厅时，蒋枫正兴致勃勃地打着台球，季星朗在旁边嘲笑蒋枫技术不行。

宋祺声没有走过去，而是折回台球厅门口，给蒋枫发微信：你出来。

蒋枫不明所以地拿着手机走到门口，他还没说话，宋祺声就把手里的平安果盒子塞给了他。

"舒念让我还给你。"宋祺声淡淡道。

蒋枫抱着怀里的平安果盒子微愣，好几秒没说话。

宋祺声想起他让舒念为难就气不顺，忍不住说："蒋枫，你可以表达自己的情绪，但你不能对别人造成困扰。"

"她每天都把全部的心思扑在学习上，她为了能往前进步一名就连课间和假期都一直在学习，你这样做会让她觉得很有负担，就算你想争取，能不能等高中毕了业，等她有时间和精力了，再跟她谈这些事？"

蒋枫盯着宋祺声，沉默不语。

宋祺声把话一股脑说完，才后知后觉自己好像逾矩了。

他根本没资格管舒念和蒋枫之间的事。

"声哥……"蒋枫似乎很想问宋祺声什么，但最终欲言又止。

他拆开盒子，从里面拿出那个平安果，啃了一口，然后嘿嘿笑着说：“你说得对，我不该给她造成负担。”

“朗哥还在里面等着呢，”蒋枫对宋祺声说，“进去吧。”

宋祺声刚想说他先回家，蒋枫就一把钩住了他的脖子，笑哈哈道：“走啊！愣着干吗！”

蒋枫没有问宋祺声为什么突然说这些，而宋祺声也没向蒋枫解释，他为什么这么说，但从这天开始，一直到高考结束，他们两个都默契地没有在对方面前提过舒念的名字。

隔天周六，因为钢琴老师才生完孩子，短期内没办法给宋祺声上课，所以爷爷奶奶暂时给他找了另一位钢琴老师来家里教他。

这个周六日刚好钢琴老师在国外演出，宋祺声也因此不用再全天待在家里练琴。

他出门前抱了抱已经长大不少的伞伞，跟爷爷奶奶说他去省图书馆自习，然后就拎起背包离开了家。

宋祺声到省图书馆时，舒念已经坐在她的老位置学习了。

他走过去，在她斜对面停下，轻轻拉开椅子。

注意到舒念在看他，宋祺声佯装自然地对她笑了笑，又轻抬了抬下巴，算是打过招呼。

然后他就坐了下来，也开始自习。

中午的时候，宋祺声悄无声息地离开了省图，去了附近的一家餐馆。

宋祺声没想到小餐馆里的人还挺多的。

他坐到了仅有的一张空桌前，点了一份板面。

舒念踏进店里时，他的板面刚被端上桌。

老板娘已经很熟悉舒念了，她一进门就热情地招呼她。

舒念点完餐，老板娘说：“小姑娘，随便坐，跟其他人拼个桌就行。”

宋祺声注意到舒念很局促地站在原地，不知道该去哪儿坐，忍不住忐忑地主动出声邀请她："舒念，可以来这边坐。"

舒念对他羞涩地笑笑，走过来在他对面坐下了。

周围挺嘈杂的，有同伴一起的顾客都在边吃边聊，只有宋祺声和舒念，安安静静的。

他们在烟火气浓郁的小餐馆，被热闹包围着。

虽然是同学，但他们的日常交流实在是太少了，逼仄的餐桌间萦绕着一股局促的氛围。

宋祺声放下筷子，不动声色地打开手机，开始玩起了游戏。

舒念点的粉被老板娘送过来时，宋祺声刚开局没多久，他听到老板娘对舒念说："我去给你拿瓶新的醋。"

宋祺声的手指微顿，就被对方的技能击中，血条掉了一截。

等宋祺声结束这局游戏，舒念已经快要吃完她的粉了。

他立刻低头把剩下的饭吃了点。

在舒念用纸巾擦擦嘴角打算离开时，宋祺声抓住机会先一步起身朝店外走去。

他听到舒念站了起来，她一直跟在他身后。

宋祺声不敢回头，他故作自然地往前走，脚步因为紧张不自觉地越来越快，每一步都踩在了他自己的心跳上。

下午两点多，宋祺声收到了父亲的微信。

因为父母常年在科研所忙碌，而且他们的工作需要高度保密，宋祺声一年到头也见不到几次父母。

这次父亲刚好有机会短暂地回来一下，正巧赶上周六日，看看父母，也能见见儿子。

宋祺声便收拾了东西，提前回家了。

隔天父亲吃了午饭就急匆匆地离开了家，宋祺声也在午饭后背上书包骑单车去了省图书馆。

他到的时候，舒念并不在座位上，但是她的书本都在。

应该是去附近吃午饭了。

宋祺声来到他的老地方，把羽绒服脱了挂在椅背上，然后拉开椅子坐下，拉开书包拉链，从里面拿出书本开始看书。

舒念回来的时候，他没有抬头。

但他知道她吃完午饭回来了。

他能听出她的脚步声。

宋祺声在心里期盼着舒念能主动跟他打个招呼，可是她没有。

她直接从他旁边经过，回到了她的位子坐下。

说不失落是假的。

他很失落。

正是因为心里有所期待，所以在期待落空时，才会比平常要难受。

这晚闭馆时，沈城正在下雪。

他们一前一后从省图书馆出来，舒念突然主动跟他道了别。

她一边走下台阶，一边对他轻柔道："宋祺声，再见。"

他微愣，望着站在雪地里的女孩，黑眸中闪过一丝受宠若惊。

而后，宋祺声满心欢喜地笑起来，回她："再见。"

这是她第二次叫他的名字。

他去停靠自行车的地方取了自己的单车，然后骑着单车在雪地上轧出一条长长的线。

宋祺声骑车经过公交站牌后，又忍不住回头看了那儿一眼。

舒念正微仰着脸，望着正飘落的雪花浅笑。

她笑起来，特别好看。

宋祺声回过头，嘴角上翘着骑车行远。

舒念，圣诞快乐。

06 喜欢小猫

十二月的最后一天，虽然是周六，但因为接下来要放元旦假期，所以今天所有学生都要到校照常上课。

当天傍晚，在放假前，班主任给他们开了一场班会。

主要是说文理分科的事。

宋祺声不由自主地抬眼看向舒念的方向，他轻抿住唇，直觉告诉他，她会选文科。

因为她的物理是给她总成绩拉分的科目，而且她的生物和化学也不拔尖。

总体来说，她的理综成绩比不上文综成绩。

每次考完试出了成绩，宋祺声都会按照从班长那里看到的她的成绩，计算她的理综成绩和文综成绩。

她是更适合文科的。

可如果她真的选了文科，那他们在开学后就完全没机会分到一个班。但站在她的角度上，宋祺声是真心希望她能理智选择她更擅长的文科。

元旦假期第一天周日，宋祺声要练琴，没有去省图书馆。

第二天周日，省图书馆闭馆，他和蒋枫还有季星朗去打球了，晚上回了家就在房间里对着伞伞弹吉他。

他现在不仅能熟练地弹出《宝贝》那首歌的旋律，还能弹唱张悬的另一首舒缓情歌。

最后一天假期，宋祺声在省图等了舒念一整天，她都没有出现。

不知道是不是在为文理分科的事发愁。

元旦假期结束后回到学校，宋祺声从齐贺那里听到了最新消息。

齐贺说班里只有三个人选文科。

宋祺声佯装随口问："都是谁？"

齐贺说："姜荷，杨梓鑫，舒念。"

听到了舒念的名字，宋祺声暗自松了一口气。

她去文科班是很正确的决定，希望她以后能够在文科班继续不断往前冲。

元旦过后没多久，高中上学期的期末考就到来了。

考试结束，学校直接放了假，让他们五天后返校拿成绩条，还说到时候每个班都会开联欢会。

1月17号那天，宋祺声背着他的吉他去了学校。

他到教室时，齐贺正带着另外几个男生往教室的两侧排桌子，为联欢会腾地方。

宋祺声走到齐贺旁边，问他："班长，这次的成绩单你有吗？"

齐贺低声告诉他："在我桌屉里。"

宋祺声立刻就去了后门附近，他找到齐贺的桌子，从桌屉中翻出一张打印有全班同学成绩的成绩单。

宋祺声眼睛飞快地从上往下搜寻，然后就看到了舒念的名字。

第18名。

他感觉到她现在往前进步一名有多吃力了。

但她也很厉害了，这半年一直在进步，从未退步过。

从一开始的第48名，到现在的第18名。

她超越了整整30位同学。

她很了不起。

联欢会很热闹，齐贺一会儿拉这个表演节目，一会儿叫那个上来助助兴。

和他是老同学的司凝自然躲不掉他的邀请。

司凝也不是什么扭扭捏捏的人，齐贺让她上台她就上，只不过拉上了她最好的朋友舒念。

司凝说要唱《宝贝》，因为舒念平常很喜欢哼这首歌。

这点宋祺声也知道，他在他们是同桌时发现的。

舒念说她记不住歌词，齐贺就用自己的手机搜了歌词拿给她们。

宋祺声亲眼看到舒念被司凝拉着来到教室中央，她局促地站着，脸上的笑都很僵硬。

但她并没有临阵脱逃，而是跟自己的好朋友一起唱了起来。

没有任何伴奏，两个女孩子清唱。

司凝的声音大些，舒念轻轻唱出来的调子更像是和声和垫音，却莫名的好听，有一种柔柔软软的温暖感。

宋祺声跟着她们的调子找到节奏，然后开始弹吉他给她们伴奏。

他的吉他声一出，大家都纷纷望了过来，包括舒念。

她的表情很惊讶，又带着一点点蒙圈的茫然，很是可爱。

他和她视线只交会了一瞬，宋祺声怕自己的伴奏会跟着自己的心一起乱掉，下一秒就低下了头，继续佯装自然从容地帮她们伴奏。

因为他给司凝和舒念伴奏了一段，等她们唱完，大家直接欢呼着要他来一首。

宋祺声没多想，直接抱着吉他拎着一把凳子到了教室中央。

他坐下来，拨弄了下吉他弦，然后就边弹边唱起他最喜欢的那首《喜欢》。

这天过后，宋祺声很久没有见到舒念。

他寒假也经常去省图自习，可她一次都没有出现。

至少他去的那些天，她都没有去。

宋祺声不知道舒念为什么不来省图自习了，他也没有她的联系方式。

除夕那晚，宋祺声很想跟她说一句新年快乐。

他甚至想过找齐贺问司凝的联系方式，再从司凝那里问舒念的QQ。

但最后，他谁都没找，什么都没问。

宋祺声怕被齐贺或者司凝察觉到端倪，更怕这样做会打扰到舒念。

寒假结束，高一年级文理分班。

宋祺声去了高一13班，很有缘的是，班主任还是他上学期的班主任，杨其进。

而且他和季星朗在同一个班，蒋枫在他们的兄弟班，14班。

因为分班信息都会贴在原来班级的墙壁上，所以宋祺声知道舒念现在在文科1班，就在他楼上的楼上。

也不是没机会见到，毕竟她平常都要从他教室旁边的楼梯上下楼。

宋祺声偶尔会在中午吃饭的时间搬个凳子去后门，靠着后门坐，低头玩手机，几乎每次都能遇到她经过，但他们没有过任何交流。

时间一晃过了几个月，期末考结束后的高一暑假，宋祺声依然会经常去省图书馆，舒念也依然没有出现。

宋祺声有点怀念那段在图书馆学习的时光。

不用说话，不用任何交流，就只见见她都行。

这年秋天，升入高二的他要去参加物理竞赛。

那天下午，他和另外几个要参加竞赛的同校学生一起往校外走。

忽然，身后的教学楼里传来一道女声："宋祺声！"

宋祺声有些茫然地转头，一眼就看到舒念在三楼最西侧的那间教室的一扇窗前趴着往这边看。

叫他的不是她，是她旁边那个女生，王思倩。

他和王思倩是初中同学，也当过同桌。

除此之外，初中的时候，他上的英语补习班，是王思倩她母亲，也就是他高一上半年的英语老师开的。

宋祺声望着她们，笑起来。

宋祺声其实有注意到舒念的成绩，每次考试时，考场都会贴该考场的考号范围，而考号就是按照上一次的考试成绩排的。

国庆节前的高二年级第一次月考，宋祺声亲眼看到舒念走进了文科班第一考场，坐在了第一列正数第五排。

也就是说，她高一期末考，在4个文科班中总排名第5。

那在班里肯定稳在前三名。

她的成绩真的比在10班的时候好了很多。

宋祺声在10月3号那天去了省图书馆。

但因为爷爷这几天生病住院，宋祺声昨晚整夜都在陪床，今天白天困得要命。

他来到省图看到舒念后，就趴在座位上睡了过去。

一直到中午，宋祺声隐隐约约听到舒念那边有动静，他才醒过来。

刚刚睡醒的宋祺声还没回过神，睡眼蒙眬地看着舒念，问她："你是要去吃饭吗？"

舒念对他点了点头，轻声问："你要一起吗？"

宋祺声没想到她会邀请他一起去吃午饭，稍稍愣住。

不过很快他就若无其事地坐直，强压着扑通扑通乱跳的心脏，语气自然地回她：“好。”

他跟着她去了那家他们常去的餐馆。

因为宋祺声暑假经常过来，老板娘对他今天出现在店里并不奇怪，倒是挺意外舒念会过来。

毕竟，舒念已经很久没来了。

“哎呀，小姑娘，你可有段时间没来了。”老板娘热情地招呼着宋祺声和舒念：“来，你们这边坐，这次吃点什么啊？”

宋祺声和原来一样，要了一份板面。

舒念也和之前一样，点了一份粉。

宋祺声想和舒念聊点什么。

他在心里默默把他想要说的话重复了三遍，然后才语调自然地问出口：“没了物理这个绊脚石，你现在成绩应该挺不错？”

舒念抿唇笑，声音温软道：“还可以，班里前五。”

宋祺声知道她现在的实力不止她说的这样。

他淡笑着说：“那确实挺不错。”

舒念没再说话。

她一直都没什么话要跟他说，除了他们做同桌那段时间找他问物理题会说多一点。

聊完学习，他们之间只剩尴尬的沉默。

在他们的午饭被端上来时，宋祺声有点没话找话地对舒念说：“你可以尝尝他家的板面，挺好吃的。”

舒念有点犹疑地问他：“不辣吗？”

宋祺声不知道她不能吃辣，笑着问：“你怕辣？”又说，“那你可以告诉她别放辣。”然后吃面从不放醋的他先往自己碗里倒了一点点醋，接着把醋瓶放到她面前，“给你。”

她连忙道谢："谢谢。"

接下来又是沉默。

宋祺声在心里犹豫了一会儿，还是鼓起勇气试探着问了舒念："你暑假是没来省图书馆吗？"

不等舒念说话，他又补充："老板娘刚说你有段时间没来了。"

"哦……"舒念像是终于明白了他怎么会知道她暑假不来省图，回他，"我寒暑假都会回老家，等开学再回来。"

原来是寒暑假回老家了。

宋祺声忍不住问："你老家是哪里的？"

舒念回他："江北省。"

她顿了顿，又告诉他："江北省北阳市胡庄县江岭乡的一个村里。"

"啊，"宋祺声若有所思了片刻，然后非常认真问舒念，"那你见过活的鸡鸭鹅，还有牛羊猪什么的吗？"

她似乎没想到他会突然问这种问题，无意识地弯了弯眉眼，说："见过啊，村子里有好多。"

随即又问他："你没见过吗？"

宋祺声摇摇头，如实道："只在书本上见过。"

他的话让她愣了下，而后她就低下头抿嘴笑起来。

宋祺声被她笑得脸红耳热，甚至在想自己刚才是不是很蠢。

一直到6号，他和她每天都在省图书馆各自学习，到了中午就结伴去餐馆吃饭。

这是他们距离最近的几天。

一起吃饭，还会一起聊天。

6号晚上省图书馆闭馆时，宋祺声和舒念一前一后出来。

宋祺声走到台阶下时，舒念还在台阶上。

明天是周六，宋祺声要在家练琴。

他突然想跟她说一声，怕她明天跟他原来一样，干巴巴地等着。

于是，宋祺声回头看向舒念，喊她："舒念。"

正低着头要下台阶的女孩子抬脸望过来。

和她四目相对的那一刹那，宋祺声的呼吸一窒，他假装镇定地说："我明天不来了，得练琴。"

舒念对他点了点头，嗓音很轻柔地回："好。"

这年的运动会宋祺声没有参加，他的生活里现在几乎只剩下了竞赛和学习。

这年寒假，舒念自然没有去省图书馆，宋祺声起初依然去了几天，一直等不到她，他就也没再去了。

高二下学期，宋祺声发现舒念每次考试都在文科班第一考场的第一位。这说明，她现在的成绩已经稳定在了文科班的年级第一。

他不由得为她高兴。

2018年秋，高三开学后，学校组织他们这届准高考生写自己理想的院校和专业，让他们以此为目标，冲刺高考。

那天傍晚，在放学后，宋祺声拖到整栋教学楼都空荡荡才离开教室，但他并没有直接出学校，而是沿着楼梯上了三楼。

他来到文科1班的教室外，站在贴满了彩色便利贴纸的墙边，寻找着舒念的名字。

好一会儿，宋祺声终于在一张粉色的草莓形状便利贴上看到了舒念的理想院校。

沈城大学英语专业

高三1班，舒念

她的目标是，沈大。

隔天清早，宋祺声把他写好的便利贴贴在了教室外的墙上——

沈城大学物理专业

高三13班，宋祺声

这年冬天，宋祺声在奥赛集训队脱颖而出，顺利被保送到了沈大。

07 喜欢小猫

2019年2月底，距离高考还有一百天的那日，沈城一中给高三年级办了一场百日誓师大会。

这次大会，宋祺声和舒念分别作为理科班和文科班优秀生代表上台发言。

领导讲话的时候，他俩就在主席台侧等着。

宋祺声从小到大见惯了这种场面，他也经常会上台发言，早已经习以为常。

但他旁边的舒念，似乎很紧张。

她一直在看稿子，但是又总会抬头看看台下满操场的人。

来回几次后，还深深地吸了一口气。

宋祺声察觉到她的紧张，开口安抚她：“低头照着稿子念，不看他们，就不会紧张了。”

舒念听到他的话，仰起头对他露出浅笑，点点头应允。

片刻后，舒念突然难得主动和他说了话。

她说：“恭喜你。”

宋祺声受宠若惊，他根本没想过她会主动找话说。

舒念以为他没懂，解释说：“恭喜你被保送到沈大。”

宋祺声蓦地笑了，他很愉悦道：“谢谢。”

没多久，宋祺声先上台发言，他和之前一样，从容不迫不紧不慢地按照自己准备的稿子说，最后又说了几句祝愿大家的话就下了主席台。

而他下来时，舒念要上去。

他们有一瞬是挨着对方擦肩而过的。

宋祺声想起舒念刚才那么紧张，低声对她说：“加油。”

舒念也轻声回他：“嗯。”

回到台侧的宋祺声望着站在主席台上的舒念。

她一直低着头，对着她写的稿子念。

起初她的声音有一点点颤抖，后来渐入佳境，慢慢放松下来，声音也平稳很多。

现在的她，比他初见她时还要耀眼优秀。

宋祺声无意识地弯了弯唇。

直到舒念发言结束，她扭头看向这边，和他猝不及防对视上，宋祺声才瞬间偏开头看向台下黑压压的人头，抿了抿唇。

其实宋祺声不用参加六月份的高考了，但他还是决定要参加。

而且会全心全力地准备高考。

冲刺高考的最后几个月，大家都心无旁骛地复习，每天都埋头在题海中。

宋祺声也不例外。

天气好像一下子就热了起来。

盛夏已至，高考来临。

高考那两天，沈城一直在下雨。

考试结束了，雨也停了。

到此，宋祺声彻底脱离高中，毕业了。

但他知道舒念还有一场更重要的自主招生的考试要准备。

舒念参加自主招生考试的这些天，宋祺声去了一趟她的老家。

她之前告诉他，她老家在北阳市。

而北阳市有一个名气很大的惠古寺，听说不管求什么都很灵验，于是宋祺声就去了那里。

他给爷爷奶奶求了吉祥安康，也为爸爸妈妈求了事业顺利，还为舒念求了学业有成。

他跪在蒲团上，在佛祖菩萨面前双手合十闭着眼睛虔诚地祈祷，祈祷舒念能顺利通过自主招生考试。

希望舒念能上她理想的大学理想的专业。

他祝愿她，此生事事顺意，只要心想，便能如愿。

没多久，高考成绩公布。

宋祺声是这一年全省理科状元，不过他并不需要填报志愿。

不知道舒念考得怎么样。

宋祺声很想知道舒念的高考成绩。

他想知道她拼搏了这么久，她努力了整整三年，最后能不能如愿去她想去的学校和专业。

没过几天，宋祺声就听说舒念被自主招生录取了，她考上了沈大的英语专业。

他得知这个消息的当天，沈城一中就在官方公众号发了一份喜报。

里面全都是今年沈城一中取得优异高考成绩的学生。

有他，也有舒念。

宋祺声看着喜报里介绍舒念通过自主招生被沈城大学英语专业录取，不自觉地笑出了声。

他就说她可以，她，真的逆风翻盘了。

宋祺声还是会时不时去省图书馆，但只遇到了舒念一次。

也是这次，宋祺声第一次见舒念散开了她之前总是规规矩矩梳成高马尾的长发。

和从前遇见的她不一样。

风拂过省图老旧的窗棂，也拂过她的长发，更拂过了少年的心。

宋祺声第一次讨厌自习室必须保持安静的规则，这让他无比清晰地听见了自己那无法抑制的加速跳动的心跳声。

再次见到她，是在某个晚上。

他和蒋枫、季星朗，还有齐贺四个人在一家饭店的大厅里吃饭，舒念他们文科1班来这家饭店聚餐。

她披散着长发，看起来更加温婉文静。

他们没有说话，宋祺声只看着她跟着同班同学进了包厢。

中途蒋枫去了一趟卫生间，再回来后情绪不太对，宋祺声也没问他怎么了。

直到散场，季星朗和齐贺先后离开，只剩下他俩。

情绪低落的蒋枫站在宋祺声的身旁，望着马路对面的红绿灯，对他说：“声哥，我刚从卫生间出来，看到舒念了。”

这是自高一平安夜那晚之后，他第一次在宋祺声面前提起舒念。

宋祺声没说别的，只“嗯”了声。

蒋枫看向宋祺声，神情认真地问：“你喜欢她吗？”

宋祺声不说话。

蒋枫说：“你喜欢她是吧？”

蒋枫顿了顿，又问了宋祺声一个问题：“你去沈大，是因为她吗？”

宋祺声终于开了口：“我只是想读物理专业，至于去哪所学校，在我个人看来，国内排名前几的名校没有太大差别。”

“所以你选择了有她的那所名校。”蒋枫说。

宋祺声回他：“是。”

过了片刻，宋祺声对蒋枫说：“蒋枫，我是喜欢她，但也只是我喜欢她。”

“我不希望我对她的喜欢，会让你有所犹豫和顾忌，更不希望我们会因此变得越来越疏离。”他认真道，“我们公平竞争，不管她最后选择谁……”

宋祺声还没说完，蒋枫就笑道：“谁要跟你公平竞争啊。”

“我弃权。”

蒋枫叹了口气，“声哥，我有自知之明，就不掺和了。”

“祝你能顺利追到她，真心的。”

宋祺声这晚在家里抱着伞伞滑动手机。

不管是点开QQ还是打开微信，都没有他想要聊天的那个人。

他一直没有加她的联系方式。

这也导致，现在毕业了，他也没办法对她说一句“毕业快乐”，还有那句“恭喜你考上沈大”。

“宋祺声，你要勇敢点。”宋祺声对着听不懂他在说什么的白猫低声警告自己，“别再做胆小鬼了。”

08 喜欢小猫

2019年9月1号，宋祺声到沈大报到，认识了他的三个舍友：曲榭、吴俊哲、顾明淮。

隔天军训正式开始，黎明他们就要起床去跑操。

一直早训到七点，教官才带队走出操场，一边带着他们方队去宿舍公寓区域一边要他们不断喊口号。

而宋祺声发现，走在他们前面的那个女生方队，正是英语专业的女生方队。

因为他看到舒念了。

尽管她穿着和周围人完全相同的军训服，尽管她只侧脸和旁边的同伴笑着说了句话，尽管他距离她并不算近，但他就是一眼就认出了她。

她又把头发扎了起来，不过不是高马尾，而是低丸子头，这样不妨碍戴军训帽。

从看到她的那一刻起，宋祺声的目光就总忍不住落到她身上。

教官把方队带到宿舍区域的广场前才让他们解散。

宋祺声一下子注意到，舒念和另外三个女生从A餐厅和B餐厅中间的路上穿过。

而A餐厅和B餐厅后面，只有C餐厅。

宋祺声便问舍友："我去C厅吃，你们去吗？"

吴俊哲说："我在B厅吃口得了，实在不想往C厅跑。"

曲榭笑吴俊哲："C厅就在B厅后面，也就多走几步路的事儿，你看你这虚弱劲儿。"

吴俊哲摆摆手："不行不行，走不动，我去B厅了。"

曲榭又问顾明淮："顾明淮，你呢？"

顾明淮说："那我跟吴俊哲一起在B厅吃吧。"

就这样，四个人兵分两路，宋祺声和曲榭去了C厅。

在往C厅走的路上，曲榭问宋祺声："我们去几楼吃？"

宋祺声也不知道。

他过来C厅是想着如果运气好的话，能可以遇到舒念，跟她打个照面说句话。

但问题是，他不知道舒念去几楼。

而她就在他前面几步远的地方。

宋祺声还没回曲榭，就听到舒念有个舍友说："昨天报到的时候，送我到宿舍的那个学姐告诉我C厅三楼的饭菜很不错，不然我们就去三楼吧？"

宋祺声看到舒念点了点头。

于是，他对曲榭说："去三楼。"

进了C厅一楼，左右各有通向三楼的楼梯，舒念她们往左拐了，宋祺声就带着曲榭去了右侧的楼梯。

他一步跨过两个台阶，快速上了三楼，满心期待地想着提前在三楼等舒念出现。

没多久，已经买好粥的宋祺声看到了舒念。

她正在买豆浆。

然后，宋祺声就看到舒念在卖豆沙包的窗口停下了。

豆沙包旁边的窗口，卖的是鸡蛋饼。

宋祺声默不作声地往那边走去，他刷校园卡买了一张鸡蛋饼，在转身的瞬间，刚好舒念也要转身。

他俩差点撞到。

好在他和舒念都止住了脚步。宋祺声假装自己在这里遇到她很意外，语气略微惊讶地喊她："舒念？"

舒念仰起脸看向他，而后就露出了浅笑。

宋祺声努力忽视着左胸腔里怦怦乱跳的心脏，淡笑说："好巧。"

舒念脸上漾着笑轻"嗯"了声。

他们只一起往前走了几步，然后舒念就对他说："我舍友在等我，我过去啦。"

她的话语很温软，最后的语气词尤其可爱。

宋祺声嘴角噙着笑回她："去吧。"

等她朝她舍友走去，他才往正在对他招手的曲榭那边走。

宋祺声刚把餐盘放到餐桌上，曲榭就笑眯眯地问他："什么情况啊？老同学吗？"

宋祺声"嗯"了下，说："高中同学。"

"在新环境遇见老同学应该蛮开心的吧？"曲榭一边低头吃饭一边随口问。

宋祺声却笑起来，回他："确实挺开心的。"

曲榭觉得这种情绪挺正常的，也没发现哪里不对。

后来他们吃完饭，要把餐具放到收餐具的窗口。

本来可以从前面直接走过去，宋祺声却非要从后侧绕。

曲榭没搞懂他为什么要绕远，但也没多问。

宋祺声装作不经意地走到舒念吃饭的那桌附近时，刚好听到她在跟她舍友说："高中的时候我见他拒绝过一个女生，他当时说他高中不谈恋爱。"

"但现在……我不知道他有没有女朋友。"

宋祺声的心蓦地一窒。

有一瞬间，他甚至在想，她是不是喜欢他，所以才在乎他有没有女朋友。

但很快，他就意识到自己想多了。

应该是她的舍友问了她他有没有女朋友，她才这样说的。

宋祺声很想跟舒念说他没女朋友，但他们连一个联系方式都没有。

而他根本不可能折身回去当着她的面儿对她特意说明他没女朋友，这太傻了。

宋祺声从C厅走出来时，还在想他和舒念高中三年，做过同桌，到现在都没有任何联系方式的事。

他该找机会问她要个微信号。

这天过后，宋祺声很难见到舒念。

大家都在军训，每个方队都穿着一样的衣服，他每天都会注意在他们方队附近训练的女生方队，都不是英语专业的。

距离军训会演还有两天的那日中午，宋祺声在A餐厅吃过午饭出来，正要回宿舍休息会儿，结果没想到，他意外看到舒念在餐厅和宿舍之间的小广场上。

她和另一个女生站在篮球社的招新帐篷下，有说有笑的，似乎在考虑加入篮球社。

这几天宿舍公寓区域的广场上"百团大战"，各个社团都在紧锣密鼓招纳新人。

宋祺声还没报任何社团。

等舒念和她同伴离开篮球社的招新帐篷，宋祺声走过去，拿了一张宣传单。

就在这时，曲榭的一通电话打来，问他在哪儿。

宋祺声看着宣传单上的各个部门，回曲榭：“在广场，看社团招新。”

曲榭很有兴趣地问：“你想报什么社团，我跟你一起啊！”

宋祺声的目光落在社团球员这一行，然后对曲榭说：“我打算加入校篮球社。”

“打篮球啊！我可以！”曲榭在那边兴奋道。

“帮我也报个名啊声哥！”

宋祺声应下：“好。”

于是，宋祺声在报名表上填上了他和曲榭的名字和联系方式，还有他们想要加入的部门，都写的社团球员。

而他的上一行，就是舒念的名字。

他看到她填的宣传部，他也看到了她的手机号。

明明只看了一遍，宋祺声却牢牢记住了。

报完名后在回宿舍的路上，宋祺声掏出手机，打开通讯录，点了右上角的加号，新建了一个联系人。

他把在他脑子里挥之不去的那串数字输入进去，然后在名字那里，填了一个字母“S”。

宋祺声隔天就收到了校篮球社社长给他发的短信，让他晚上军训解散后去篮球场，篮球社要通过每个人的投篮水平筛选球员。

宋祺声和曲榭队伍解散后按时去了篮球场。

最终他们都顺利进了篮球社，成了校篮球社的正式球员。

12号军训会演当天，宋祺声的方队在舒念方队前面出场，等他结束，舒念那个方队还没上场。

主席台上报：“下面朝我们走来的是外语系英语专业的女生方队。”

站在队伍最后面百无聊赖的宋祺声瞬间抬眼看向前方。

他在一众女生中，搜寻着舒念的影子。

舒念身高中等，在方队的第五列。

他很快就找到她了。

此后，宋祺声的目光始终锁定在舒念身上，直到她们的方队走过主席台，沿着跑道拐过弯。

他的视线被隔在他们之间的许多方队的人头挡住，再也看不到她，宋祺声才收回目光。

军训会演结束学校就放了中秋假。

中秋当天是周五，省图书馆照常营业。

宋祺声去了省图，一直待到晚上闭馆，他都没有等来舒念。

他本来还想跟她说一声“中秋快乐”的。

现在宋祺声已经不再需要每个周末去练琴了，他的钢琴已经考过十级了。

宋祺声也没打算去当钢琴家，他就是喜欢弹钢琴而已，所以这些年才一直坚持学。现在虽然不再聘请钢琴老师教他，不过他也会在空闲时弹钢琴保持手感。

接下来的两天假期，宋祺声是在家和爷爷奶奶一起过的。

父母一心投入工作，醉心于科研事业，和他相处的时间向来少之又少，一年也见不到几次面。

中秋假期结束返校的当晚，有校篮球社的迎新活动，要求加入到篮球社的所有大一学生都要到场。

宋祺声知道他要见到舒念了。

因为宋祺声是在家吃过晚饭才回学校，所以没有跟曲榭一起去社团教室。

他到了校门口直接往社团教室赶的时候，曲榭给他发微信说他帮他留了位子，让他不用急。

等宋祺声走进社团教室，曲榭立刻抬手喊道：“声哥！这儿！”

而宋祺声最先注意到的，却是坐在曲榭斜后方的那个女生。

他让自己看起来自然些，在来到曲榭旁边要落座之前，淡笑着对舒念打招呼：“舒念。”

舒念也对他笑了笑，轻声道：“嗨。”

他坐下后，就听到舒念旁边的女生跟舒念讨论起他来，女生问舒念他是谁，舒念说了一句：“高中同学。”

宋祺声抿了下嘴唇。

他真的不希望他们的关系就只是被定义成高中同学和大学校友这样简单的关系。

后来社长让大家做自我介绍，按照部门来，一个部门的成员都说完了另一个部门的成员再开始说。

球员们是最先介绍的。

后来轮到宣传部的成员自我介绍，在舒念站起来时，宋祺声就忍不住回了头看向她。

她和三年前刚进沈城一中高一10班时一样，说了那句宋祺声很熟悉的：“大家好，我叫舒念，舒是舒畅的舒，念是念念不忘的念。”

这句话，恍惚间让宋祺声看到了三年前的舒念。

那个最初让他注意到的，十五岁的舒念。

他不自觉地扬起嘴角，笑着扭回了脸。

大家都自我介绍完后，社长和副社长决定周五晚上带他们聚个餐，互相之间熟悉一下。

在迎新活动结束大家要离开之前，社长在微信上建了个群聊，让他们扫码加入。

于是，宋祺声和舒念进了同一个群。

宋祺声在回宿舍的路上就点开了刚刚加入的篮球社的群聊右上角，随后点了“查看更多群成员”。

大家都还没改昵称，可宋祺声凭借直觉找到了舒念。

因为这个人的昵称叫“念念不忘”，而她的头像，是一只异瞳白猫，乍一看和他家养的伞伞有点像。

宋祺声到宿舍没多久，社长就在群里@全体成员，让大家把昵称都改成本名，以便交流。

宋祺声回了社长一个“OK”，然后就把昵称改成了他的本名。

而那个用另一只白猫当做头像的人的名字，果然变成了“舒念”。

很快，他俩的微信头像就被副社长发现了端倪。

副社长在群里调侃：@舒念@宋祺声你俩的头像？这是有情况啊！

这条消息一出现，群里的大家也跟着起哄。

随即，宋祺声就看到舒念的消息蹦了出来。

她很认真地对大家解释：没有没有，就是巧合，我头像是我奶奶家的白猫。

原来是她奶奶家养的猫。

宋祺声也跟着发了一条：我的是我家养的白猫。

有个叫“江恬”的女生在群里发了句：这两只白猫还正好都是异瞳，好巧啊！

宋祺声怕再继续用这个头像，会让舒念经常被大家调侃。

他知道她性格慢热内敛，应付不来这种场面，于是他就在相册里找了一张风景照，换了头像。

这张风景照是他今年夏天去北阳市的路上拍的。

换完头像再返回群里，宋祺声发现舒念也换了头像。

她的新头像是《夏目友人帐》里的猫咪。

宋祺声点开舒念的头像，进入了她的微信主页。

上面显示着地区：江北北阳

个性签名：在所有不被想起的快乐里，我只喜欢你。

朋友圈因为不是好友无法查看。

她果然喜欢张悬，就连朋友圈的个性签名都是化用张悬那首《喜欢》里的歌词。

宋祺声想起自己之前还在她面前抱着吉他弹唱过这首歌，嘴角扬了一下。

宋祺声盯着她的主页看了好一会儿，才用手指轻戳屏幕，点了那行“添加到通讯录”，并且在备注里写了一句：“我是宋祺声。”

但是他的添加好友请求没有被舒念立刻通过。

宋祺声捏着手机等了好一会儿，她还没有同意。

他有点心不在焉地刷朋友圈，然后打开手机游戏去玩游戏，却心浮气躁地总会切出去看看微信有没有新提醒。

最后宋祺声逼迫自己放下手机去洗漱。

等他洗漱回来，再拿起手机，依然毫无动静。

宋祺声刚想把手机撂下，突然，最近联系人的界面弹出一条新消息。

是舒念通过了他发的好友请求。

宋祺声立刻点开聊天界面。

界面上显示着他在备注里写的那句：我是宋祺声。

下一行是：以上是打招呼的内容。

再下一行，是她那边通过好友请求后，自动回复的一条：我通过了你的朋友验证请求，现在我们可以开始聊天了。

宋祺声找了个舒念应该感兴趣的话题，问她：你家的猫多大了？

舒念很快回过来：七岁了。

宋祺声主动告诉她：我家那只三岁多。接着他就发现她的昵称从“念念不忘”变成了“对方正在输入……”。

宋祺声耐心等着她的回复。

须臾，她的消息终于出现在了聊天界面：你家猫猫叫什么呀？

宋祺声回她：伞伞。

舒念说：好可爱的名字。

然后又发来一句：我家那只的名字就很简单粗暴，叫大白。

宋祺声主动提起三年前的事，跟她说：伞伞是我在省图附近的墙根处捡的，那天下雨，它躲在一把透明的雨伞下，所以后来就给它起名叫伞伞了。

他想看看她会不会跟他说，她就是那个给伞伞留雨伞的人。

可是最终舒念只回了一句：你好有爱心。

她没有说她是给伞伞留雨伞的人。

但宋祺声想告诉她，他知道是她。

于是，他说：你不也是。怕她不明白他的意思，随即又补充：那把雨伞是你留下的，我看到了。

舒念似乎没想到他一直都知道是她给小猫留的雨伞，只回了他一个字：啊……

宋祺声又告诉她：它现在很好，很健康。

舒念说：那就好。

他垂头盯着手机屏幕上，他们俩的聊天界面看了半天，心里生出了一个冲动。

片刻后，宋祺声很紧张地敲下几行字，发送。

他说的是：你想见它吗？想的话国庆节我带它去省图书馆跟你见一面吧。

舒念并没有直接拒绝他，而是问：可以吗？

宋祺声心里稍微松了口气，立刻回她：可以啊。

她随后答应，说：那……好啊。

宋祺声看着她的回答，无意识地笑弯了眼眸。

他约到她了。

这天晚上，宋祺声失眠了。

他拿起手机打开微信翻看他和舒念今晚的聊天记录，然后再放下，闭上眼睛酝酿睡意，结果满脑子都是他们国庆节会见面。

这应该算是，他们第一次正式约会。

宋祺声知道舒念喜欢图书馆，所以自开课后，他每天上完课没其他事的话，就会去学校里的图书馆自习。

希望能和原来一样，跟舒念在图书馆偶遇。

但可惜，一直到周五他都没有等到舒念。

周五晚上，社团里的大家在要聚餐的饭店门口集合。

宋祺声和曲榭到的时候，人还没来很多。

舒念也还没到。

一伙人站在饭店门口，尤其还有不少高高大大的帅哥，总会惹得过路的行人多看几眼。

宋祺声低着头刷手机，时不时就要抬眼看看舒念到没到。

不多时，有个长得很漂亮的女生走过来，停在他面前，有点忐忑地问：“帅哥，方便加个微信吗？”

宋祺声没有一丝犹豫，直接对对方说：“抱歉。”

女生有点尴尬地笑着说：“不好意思，打扰你了。”

说完就转过身快步走了。

副社长见状，打趣他：“宋祺声，你是有女朋友了吗？怎么不加美女的微信啊？”

宋祺声刚好看到舒念走过来，脑子里随即想起军训第一天早上，她在C餐厅三楼说的那句：“我不知道他有没有女朋友。”

他嘴角轻勾，笑着回副社长："没有女朋友。"

社长本来以为他这么冷淡不加漂亮女生的微信，是因为名草有主了，结果并没有，还是个单身。

社长忍不住调侃宋祺声："那你可太清心寡欲了，都不跟女生聊天的吗？"

他只笑，没说话。

社长不嫌事大地问大家："在场的女孩子，有被宋祺声加好友的吗？"

女孩子们纷纷起哄笑着说："我没有。"

"我也没有。"

"没有。"

"别说被他加了，我加他，他到现在都没同意。"有个女生用开玩笑的语气说。

宋祺声知道舒念没说话。

他觉得，她应该是不擅长撒谎，但又不好说实话，所以直接沉默。

可她并没有逃过这一劫。

副社长见舒念一直没说话，笑眯眯地点名问她："舒念，你和宋祺声加微信好友了吗？"

宋祺声怕她为难，在她回答副社长前就抢了话，主动承认："加了，是我给她发的加好友请求。"

"哦——"一群人故意拉着长音调笑。

舒念已经被闹得脸红了，她急忙跟大家解释说："我们是……我和宋祺声是高中同学。"

"噫？"副社长没想到宋祺声和舒念之前就认识，惊讶道，"你俩是高中同学？舒念你也是沈城一中的学生吗？"

宋祺声随后就听到总是和舒念一起出现在社团的江恬说："念念是

沈城一中的呀，她的高考成绩在全省文科生中排名第八，在他们学校是第一。”

“啊，所以你们是校友。”

社长看着宋祺声和舒念，笑道：“舒念是文科班的，宋祺声是理科班的。”

宋祺声很不喜欢别人用“校友”来定义他和舒念的关系。

明明不止如此。

他出声纠正：“我们高一上半年当过半年同班同学。”

我们并不只是校友。

我们曾经是同班同学，甚至是同桌。

我们总会在省图书馆相遇，各自学习。

我们有时还会一起去省图附近的那家餐馆一起吃午饭。

我知道她喜欢小猫，她是一个很有爱心的女孩子。

我知道她学习很刻苦，也很聪明，高中三年她从班里倒数进步到在文科班拿年级第一就足以证明。

我知道她喜欢吃粉，吃粉爱放醋，不太能吃辣。

我知道她喜欢吃草莓味的棒棒糖。

我知道她爱无意识地轻轻哼歌，她应该很喜欢张悬，因为就连她的微信个性签名都是张悬唱的那首《喜欢》的歌词。

我知道你们都不知道的——她曾经总是一个人风雨无阻地去省图书馆学习。

我欣赏她，喜欢她，爱慕她。

“嗐，”社长恍然大悟，“怪不得你们会是微信好友呢。”

等人到齐，社长和副社长领着大家进了饭店。

一到包厢，社长就在他们落座之前说：“哎哎哎，同性隔开坐啊。”

宋祺声想都没想，直接就走到了舒念身旁，在她坐下后也跟着坐了下来。

他要和她挨着。

09 喜欢小猫

社团聚餐少不了各种饭桌上的游戏。

社长和副社长也早有准备似的，提议玩指定两个人互相说对方三个优点的小游戏。

随即，几轮过后，宋祺声和舒念就被社长指定为了下一组互相说对方优点的游戏玩家。

在宋祺声眼里，舒念浑身上下全是优点。他根本不用多想，就不假思索地说出了三个:“专注,努力,有爱心。”

社长问宋祺声为什么觉得舒念有爱心。

宋祺声回答：“下雨天给流浪猫打伞。”

社长觉得他说得有理有据，于是宋祺声很顺利地通过了。

接下来轮到舒念。

宋祺声没想到她说的三个优点中，也有“有爱心”。

社长觉得这两人怪有意思的,问舒念:“你怎么也觉得他有爱心?”

舒念没有看宋祺声，轻声回答：“因为他……收养了流浪小猫。”

旁边的副社长像是察觉到了什么，不太确定地问舒念：“那个……请问一下，他收养的那只小猫，不会就是你在下雨天帮忙打伞的那只流浪猫吧？”

宋祺声听到舒念“啊”了一声。

副社长把目光从舒念身上挪到宋祺声身上，眼中满是笑。

社长也察觉到了一丝不对劲，故意不给舒念过，非说她和宋祺声说重了。

但最开始的游戏规则并没说两个人不能说一样的。

舒念正要和社长争辩，有男生就开始拍着桌子带头起哄：“喝酒！喝酒！喝酒！”

连带着桌上的其他人也跟着一起喊：“喝酒！喝酒！”

舒念没辙，只好认命地端起了酒杯。

宋祺声感觉舒念好像没有喝过酒，因为她看起来很无措，表情中还带着一丝对未知的恐慌。

下一秒，他就从舒念手中拿走那杯啤酒，放到了桌上。

随即宋祺声端起他面前的酒，对大家说：“别欺负女孩子了，这局算我的，我来接受惩罚。”

说完，他就仰头将这杯酒一口气喝完。

宋祺声喝酒时察觉到了舒念在看他。

但他没敢回看她。

这晚社团聚餐结束时，曲榭去了趟卫生间，等他们离开饭店时，舒念已经和她的同伴走了。

不过男生步子大，走得又快，还没到校门口，宋祺声和曲榭就差不多追上了舒念和江恬。

然后宋祺声就在后面听到江恬问舒念：“对了念念，明天你生日，打算怎么过啊？”

宋祺声微怔。

明天居然是她的生日。

随后他就听到舒念话语里含着笑意说：“我舍友说要买蛋糕给我庆祝，你明天晚上也来我宿舍吧，我们一起吃蛋糕。”

这晚宋祺声躺在床上，用手机搜了很久“女生过生日送什么礼物比较好”。

网上给的建议五花八门，但没什么靠谱的。

宋祺声最终还是决定自己想。

但他想到半夜，都没想出结果。

隔天周六，宋祺声上午只有一节马克思主义理论选修课。

他在课上一直在走神，思索要给舒念准备什么礼物，她才会喜欢，并且不会拒绝他的礼物。

可他毫无头绪，都快愁死了。

愁得他只好打开手机相册，看看伞伞的照片缓解愁绪。

没一会儿，宋祺声突然盯着照片里的白猫，生出了一个想法。

下课后他直接骑车到校外，一家礼品店一家礼品店地找，最终找到了他想买的那款礼物。

是一只趴在毛毯上睡觉的仿真小白猫摆件，用手指戳它还会发出喵喵的叫声。

舒念喜欢小猫，送她一个猫咪摆件，她应该不会拒绝。

宋祺声付了钱，但没有直接把这个礼物拎回学校。

他把东西暂存在了店里，打算等晚上再过来取，到时候直接给舒念送过去。

当天傍晚，宋祺声和曲榭骑着单车到了学校南门。

他们把车子放好就出了学校，想去那条都是餐馆的后街转转，看看晚饭要吃什么，没想到会意外遇到买完生日蛋糕和晚饭往回走的舒念和她的朋友们。

宋祺声听到江恬说："离谱，今天也不是什么必须要吃饺子的节日，怎么都没有我们念念想吃的茴香鸡蛋馅饺子？"

另一个女生问舒念："要不我们看看外卖？"

舒念却笑道："算啦，我刚已经看了，其他距离学校远一点的店倒是有，但是等外卖员送过来饺子肯定都坨了。"

她说："我也不是必须要今天吃到，改天再吃也一样的。"

"可是今天是你生日嘛。"江恬语气遗憾道。

她想吃饺子，茴香鸡蛋馅的。

宋祺声从她身旁经过时若无其事地和她打了个招呼，没再说别的。

等他和曲榭到了后面那条街，宋祺声突然停了下来，对曲榭说："你自己吃吧，我有点事。"

曲榭一脸茫然："什么事啊？"

宋祺声没跟他说到底是什么事，只是重复了遍："你自己吃，我先回了。"

"哎……"曲榭不明所以地看着宋祺声快步走远，嘟囔道，"到底是什么事啊，这么着急，连饭都不吃了。"

宋祺声开了车锁后就骑上自行车从学校的另一个门离开了。

他记得从学校西门出来，距离学校三四站地有个小区，小区那边肯定有餐馆，他可以去碰碰运气，也许会有饺子馆有舒念想吃的茴香鸡蛋馅饺子。

宋祺声骑着自行车经过四站公交车站点，终于到了小区附近。

他又在附近找了找，还真找到了一家饺子馆。

宋祺声立刻支好自行车跑进去问有没有茴香鸡蛋馅的饺子。

老板说还有，他就买了一大份。

老板煮饺子的时候，宋祺声发现店里的餐桌上放着便利贴和笔，他就用笔在便利贴上写了一句："舒念，生日快乐！"

然后又在下一行的右侧写下自己的名字。

等老板把煮好的饺子给他装好拿过来，宋祺声将他写了字的便利贴撕下来贴到饭盒上。

老板帮他拿了包装袋，把饭盒装了起来。

拿到煮好的饺子，宋祺声一点时间都不敢耽误，骑上自行车就往学校飞快地赶。

到了学校西门附近，他去那家礼品店取了他暂存在店里的礼物。

老板早已经用透明的盒子帮他包装好了，盒子用粉色的丝带系着，包装特别像生日蛋糕的盒子。

宋祺声骑车进了学校，直接来到舒念住的女生宿舍楼下。

他在她宿舍楼前停下，用脚支撑着车子，腾出一只手来给舒念发微信：舒念，我在你宿舍楼前，你能下来一趟吗？

舒念很快就回了他：好。

得到她的回复，宋祺声就把手机放回了裤兜。

他一手拎着饺子，一手拎着礼物，坐在车座上深深吸了一口气。

心跳却不受控制地越来越剧烈。

宋祺声忍不住看了几次女生宿舍楼门口。

过了会儿，舒念的身影出现。

她下了台阶，径直朝他走来。

在他身旁停下后，舒念轻声问："找我有什么事啊？"

宋祺声强忍着紧张，努力让自己表现得自然。

他把手上的东西都递给她，"给你。"

"什么？"舒念似乎没反应过来。

宋祺声生怕她不接他给她的东西，又把手里的东西往她面前递了递，故作镇定地笑说："拿着。"

等舒念伸手接过他的礼物，宋祺声抓住时机对她说："生日快乐。"

舒念似乎没想到他会知道今天是她的生日，一时愣怔住，没有说话。

宋祺声不敢再多停留，急忙道："走了。"

随即，他就蹬上单车离开了。

等宋祺声骑车回到他宿舍楼下，把车放好锁牢，他才深呼吸了三次，勉强让心脏跳动的频率减缓了些。

还好，她没拒绝。

宋祺声笑了下，抬脚迈上台阶，进了宿舍楼。

他正沿着楼梯上楼，放在兜里的手机忽然响了声。

宋祺声拿出来，发现是舒念发来的消息，立刻就点了进去。

舒念给他发的是：谢谢你。

宋祺声没有回她"不客气"，而是给她发了一个生日快乐的表情包。

随即又提醒她：饺子趁热吃。

舒念说：好。

这次的聊天就这么结束了。

隔天周日，宋祺声全天没课。

今天也没什么事，宋祺声吃过早饭后就背上书包，骑着单车去了图书馆。

他刷了校园卡进来后，一眼就看到了舒念坐在靠窗的那个座位上。

她正低着头看书，神情一如既往地认真专注。

头发被她绑成了低马尾，大概是怕低头看书的时候发丝垂落下来，会影响到她。

宋祺声发现她旁边还有一个空位，立刻就朝她走了过去。

他来到她身侧，动作很轻地将椅子往外搬了搬。

随后，舒念就偏过头看了他一眼。

宋祺声察觉到她的视线，扭头垂眸看向她，佯装淡定地对她露出一抹淡笑。

舒念也对他笑了笑。

这就算打过招呼了。

接下来，他们各自学习，互不打扰。

到了中午饭点，宋祺声终于等到舒念拿起手机暂时脱离了学习，便抓住机会问她：“我要去吃午饭了，一起吗？”

舒念似乎是没想到他会问她去不去吃饭，有点惊讶地看向他。

宋祺声就和她对视着，等着她的答复。

随后，她的脸上露出一抹浅笑，答应道：“好啊。”

舒念在离开座位之前打开书包，从里面拿出校园卡和宿舍钥匙。

宋祺声被她钥匙上挂的吉他钥匙扣吸引了注意力。

那上面，刻了个字母S。

S，舒。

舒念的舒。

他们没有去远的地方，就在图书馆旁边的书香园吃的午饭。

吃过午饭回到图书馆后，舒念趴到桌上，看起来是想睡一会儿。

宋祺声也没拉着她说话打扰她睡觉。

她背对着他这边，闭着眼睛。

明亮的阳光透过玻璃窗投射进来，落在她的脸上。

宋祺声怕她阳光照着睡不舒服，就默默拿起一本书，小心翼翼地将手伸过去，用书替她挡住了阳光。

宋祺声根本不知道舒念还没睡着，更不知道她有一瞬睁开了眼，看到了他举着书的手。

接下来的半个小时，宋祺声就这样保持着举书的动作，直到舒念要坐起来的那一刻，他瞬间快速地收回了拿着书的手，假装什么都没发生，低头看自己的书。

傍晚时分，橙红色的日落光晕从窗外落进来。

舒念看了看手机上的时间，已经快到吃晚饭的时间了。

她开始收拾书本，打算回宿舍问问舍友晚上吃什么。

宋祺声察觉到她开始收拾东西准备离开图书馆了，便也开始往书包里装书本。

他们一前一后地从图书馆出来后，宋祺声压着心里的忐忑，很主动地对舒念说："我骑车过来的，载你回去吧。"

舒念沉吟了一秒，轻轻回了他一句："好。"

心里的不安和紧张在顷刻间烟消云散，宋祺声登时满心欢喜。

他把书包放在车筐里，弯身开了锁，将自行车推出来，然后跨坐到车上，双脚撑地。转过头，宋祺声见舒念还杵在路边，忍不住笑道："别站着了，上来。"

舒念这才走过来，侧身坐在了他的自行车后座。

宋祺声回头看她，温声问："好了吗？"

"嗯，"她没有抬手抓他的衣服，而是握住了后座的支架，话语温软地回他："好了。"

宋祺声这才蹬着脚踏板往前骑去。

快到宿舍区域的时候，他问她："你是直接去餐厅还是回宿舍？"

舒念回他："回宿舍。"

宋祺声本来还想如果她要直接去餐厅，他们还能一起吃个晚饭的。

他把她送到她宿舍楼下，舒念从后座跳下来，转身浅笑着对他说："谢谢。"

"拜拜。"她朝他挥了挥手。

宋祺声也回她："拜拜。"

等她进了宿舍楼，他才蹬上车回宿舍。

周四中午，宋祺声因为在篮球场训练，吃午饭比平时稍晚。

他和曲榭到A餐厅时，已经过了买饭人最多的时段。

因为是从餐厅后门进来的，宋祺声需要沿着餐桌往前走，去最前面的窗口买饭。

然而，他走到半路，在一张餐桌边看到了一个钥匙。

钥匙上挂的那个钥匙扣，宋祺声非常熟悉。

前几天他才在舒念那里见过。

宋祺声捡起这把钥匙，翻到吉他的另一面，看到上面刻着字母“S”，基本确定这钥匙是舒念的。

他拿了个餐盘，买了份盖饭，随便找了张餐桌坐下，然后从兜里掏出手机，给舒念拍了一张这个钥匙的照片发过去，在微信上问她：应该是你的吧？

她几乎秒回：是我的，你在哪儿捡到的？

宋祺声说：A餐厅的地上。

然后又问：你什么时候有空，我把它给你送过去。

舒念似乎很着急，问他：你现在在哪儿？

宋祺声如实回答：A餐厅。

舒念很快发来：那我去找你吧，我就在宿舍呢，两三分钟就到了。

正边吃饭边单手给她发消息的宋祺声应允：好。

聊天结束后，宋祺声快速地吃了几口饭，然后就率先起身。

他端起餐盘，对还在吃的曲榭说：“我有点事，先走了。”

曲榭茫然道：“什么事？”

宋祺声回他：“捡到了舒念的钥匙，给她送过去。”

曲榭没觉得哪里不对，“哦”了声，说：“你去吧。”

A厅距离舒念的宿舍楼很近，宋祺声到她楼下时，她还没出来。

但很快，她就从楼里急匆匆地小跑了出来。

在舒念停在他面前后，宋祺声就把她的钥匙还给了她。

舒念很感激地道谢："谢谢。"

宋祺声笑了笑，随口道："你这钥匙扣还挺好看的。"

舒念跟他说："在老家那边的饰品店买的，是饰品店的老板自己做的手工作品。"

宋祺声有点意外，好奇地问："字母也是老板刻的？"

她点点头。

"是想刻什么就刻什么还是成品就是这样？"他对这个还挺感兴趣的，忍不住又问。

"看你想刻什么。"舒念说完就继续说，"那个……我先回宿舍了。"

宋祺声点了点头，应道："嗯。"

等舒念回到宿舍楼里，宋祺声有点挫败地叹了口气。

他刚才找的话题是不是很无聊，所以她才这么着急要走。

不然以后还是多和她聊聊小猫吧。

她肯定很喜欢小猫。

他也喜欢。

晚上，宋祺声和曲榭吃过晚饭就去了篮球场。

因为国庆节后就要和学长们比赛了，最近他们这些才加入篮球队的球员训练得很勤。

中场休息的时候，副社长带着几个女生过来给他们送水。

宋祺声接过副社长分给他的矿泉水时礼貌地说了个谢谢。

副社长笑着说："客气了客气了。"

然后副社长就想起来什么，转头问她旁边的女生："这会儿还有谁在社团教室啊？"

女生眨了眨眼，回副社长："应该只有舒念吧，她这几天在画活动要用的手绘海报。”

副社长有点担心地说：“就只有她一个人吗？”

女生似乎明白了副社长说这句话的用意，很上道地顺势往下说：“我们在也帮不上什么忙，而且社长给大家都分了工，都没有时间陪着舒念。”

“但是她一个人大晚上在社团教室，确实让人有点担心……”

宋祺声知道她们是故意说给他听的。

他对副社长说了声：“学姐，谢谢。”

然后就转身去找社长请了假。

随即，宋祺声到更衣室换下篮球服，提前离开了篮球馆。

他今天没有骑车，一路跑到社团教室外。

在门口平复了一下呼吸后，宋祺声才推开门。

正在画海报的舒念抬头见是他，语气自然地对他说了声：“嗨。”

然后就低头继续画海报去了。

宋祺声在她不远处扯了把椅子，坐下来，开始玩手机。

须臾，舒念有点不解地问他：“你过来是要找什么东西吗？”

宋祺声抬眼看了她一下，笑着回她：“不是。”

“那是……等人？”舒念不太确定地问。

宋祺声觉得她这样说也没错，就“嗯”了声。

舒念了然地点了点头，似乎根本没意识到他等的人就是她。

接下来的两个小时，宋祺声就玩着手机等她。

直到舒念起身把海报放好，对他说：“宋祺声，我先走了，你……”

他这才站起来，问她：“画好了？”

舒念回他：“线稿设计好了，接下来还得上色，我准备到周六再过来涂色。”

宋祺声把手机收起来放进裤兜，语气自然地对她说：“那走吧。”

舒念以为他忘了他还在等人，提醒他：“你不等人了吗？”

宋祺声没有直接说他要等的人就是她，只失笑地“啊”了一声。

然后舒念愣住了。

宋祺声感觉她明白了他在等谁。

接下来，他们一路一起往宿舍公寓区域走，却谁也没再说话。

到了宿舍附近，宋祺声听到学校的广播正在放歌。此时播放的这首歌，是张悬唱的那首《喜欢》。

宋祺声很想跟舒念说：“学校广播在放你喜欢的歌。”

但是他又不忍心打扰正在安静听歌的她。

最终，他什么都没说。

在路口分开时，还是舒念率先说了句：“我走了。”

她对他今晚在社团教室陪她的事只字未提。

宋祺声也只对她说了声：“再见。”

宋祺声不太能摸准舒念的心思，他甚至不确定她对他有没有好感。

这种不确定感，让宋祺声成功失眠了。

他辗转到半夜，拿起手机刷朋友圈，意外看到了舒念半个小时前发了一条动态。

她说：“在你那里是一个擦肩，在我这里是整个夏天。”

宋祺声盯着这条动态看了好久，越琢磨越觉得她心里有喜欢的人。而这条动态，就是发给她喜欢的那个人看的。

可他不知道她心里喜欢的人是谁。

会是他吗？

宋祺声甚至去搜索了一下这句话是什么意思。

网友回答说：“意思大概就是，她在你们擦肩的那一刻就喜欢上了你。在你眼里只是擦肩而过的相遇，对她来说是长久无法放下的喜欢。”

宋祺声返回微信朋友圈，不知道要怎么评论，就给她点了一个赞。

然后，他发了一条只有她能看到的动态：“在所有人事已非的景色里，我只喜欢你。”

第二天一早，宋祺声发现舒念十几分钟前给他点了赞。

因为这个点赞，他心情好了一整天。

10 喜欢小猫

因为舒念说她周六要给海报上色，所以宋祺声周六晚上也去了社团教室。

依然只有她自己在教室里，对着一张大海报涂色。

宋祺声走进去，站在旁边看她涂了一会儿，主动问："有我能帮忙的吗？"

舒念拿起一根蓝色的颜料笔，递给他，又指了指海报上的一块区域，浅笑说："这块都涂蓝色。"

"好。"宋祺声开始涂起来。

舒念就在他旁边，两个人偶尔会稍微碰到对方。每当这时，她都会有点慌乱无措地跟他道歉。

宋祺声一直说没事、没关系，可他心里已经彻底被她搅乱了。

那天晚上他们俩在社团教室里涂完了海报。舒念小心翼翼地拉了拉海报的边缘，让海报整张平摊在桌子上。

"就这样吧，"她笑着说，"等过完国庆节回来它就晾干了。"

9月30号，学校放了国庆假期。

宋祺声一直记着他要和舒念在国庆假期见面的事。

晚上吃过晚饭，他就迫不及待地在微信上问了她：我们哪天见？问完又觉得自己这话说得没头没尾的，立刻补充道：说好的带伞伞见你。

舒念很快给他回了消息：我明天要回江岭老家。

然后又说：我6号回来，我们7号见面行吗？

宋祺声虽然很想和她早点见，但她要回老家，他也只能等。

他应允道：好。

随即问了她见面的具体时间：7号大概什么时候？

舒念说：中午？吃了午饭后，一点左右怎么样？

宋祺声没什么异议，答应道：听你的。

随后，他用微信自带的拍照功能给趴在他旁边的白猫拍了一张照片，发给了舒念。

舒念回他：它好可爱啊！胖嘟嘟的！

宋祺声笑了笑，跟她说：很能吃。

舒念随后发来：它是妹妹还是弟弟呀？

宋祺声告诉她：是弟弟。

舒念很快回复道：大白是大叔。

随即，宋祺声就收到了舒念发来的她奶奶家那只白猫的照片。

舒念还说：我今年暑假没回老家，没有大白最近的照片，这张是我寒假拍的。

宋祺声认真瞅了瞅大白的照片，越看越觉得，真的和他养的这只白猫很像。

他说：跟伞伞好像。

然后又回答她上条消息：等你回了老家可以再给我发大白新的照片。

舒念回了句：好。

隔天中午，宋祺声吃完午饭回到卧室，一拿起手机就看到了舒念半个小时前发给她的猫咪照片。

他先给她解释：刚刚去吃午饭了。

然后仔细看了看这几张照片，回她说：大白看起来好温顺。

舒念很快就回了他：是的！它超级温顺，还黏人，总会贴在我身边睡觉。

宋祺声听她这样说，着实有点羡慕，因为伞伞并不怎么黏人，也不喜欢被人抱。

他告诉舒念：伞伞不太黏人，不喜欢被人抱着，每次我抱它它都一脸不情愿，看起来很勉强。

她很善解人意道：伞伞毕竟之前流浪过，可能警惕性高点，不太亲人也正常。

接下来的几天，宋祺声有事没事就找舒念聊天，大多时候都是以给她发一张伞伞的照片开始。

5号那天，伞伞在家里跑酷，宋祺声一边笑一边录视频，然后就给舒念发了过去。

舒念并没有立刻回复他。

宋祺声等了一个小时，才等到她的消息。

舒念先回复了他的视频：它好活泼！

随即就向他解释：我刚在玩密室逃脱，手机不能随身携带，放在柜子里了。

宋祺声好奇地问：什么本？

舒念很快回了过来：恐怖本，甜甜全程尖叫。

宋祺声知道舒念嘴里的“甜甜”就是江恬。也是这时，宋祺声才知道江恬也是舒念老家那边的人。

那她们原来应该是同学，怪不得关系这么要好。

宋祺声顺着她的话猜测：那看来你不太怕。

舒念如实回他：其实有时候也会怕……不过没有甜甜那么害怕。

宋祺声又问：就你们两个人吗？

舒念说：当然不是啦，还有两个男生，都是甜甜的高中同学，其中一个是我和甜甜初中的班长。

她在和别的男生玩密室逃脱，其中一个还是她初中的班长。

宋祺声心里忽然酸酸的，很吃味。

那两个男生中，会不会有喜欢她的人？毕竟她是那么优秀，那么招人喜欢。

宋祺声胡思乱想了一会儿，有点忐忑地给她发了一句：什么时候有空，我们也约着去玩密逃吧。

他发完，就紧张地一眨不眨地盯着手机屏幕。

下一秒，聊天界面中跳出她的新消息。

她说：好啊。

宋祺声瞬间开心了，紧接着他又收到了舒念发来的一条：我们要去吃午饭了，有空聊。

宋祺声回她说：好。

7号中午，宋祺声在卧室把衣橱翻了一个遍，最后还是挑了他平常穿的黑衣黑裤。

在带伞伞出门前，宋祺声特意给白猫梳了梳毛，又查看了一下它的指甲。

他抓着猫咪爪子看指甲长不长时，奶奶正好从旁边经过，跟他说："我前几天才给伞伞剪过指甲，不长。"

宋祺声这才放心地把白猫放进猫包。

奶奶见状，不解地问他："你要带伞伞出门吗？干吗去啊？"

宋祺声神采飞扬地对奶奶说："约了一个朋友，她想看看伞伞。"

奶奶很八卦地问："你这个朋友，是女孩子吧？"

宋祺声愣了愣，一时不知道该怎么回答。

奶奶又说："小祺有喜欢的女孩子啦？"

宋祺声被问得脸红耳热，他没敢回答老太太的问题，背起猫包就往院子里走去，嘴里飞快道："奶奶我出门了！"

老太太望着在院子里推了车子出家门的孙子，笑道："还害羞了。"

宋祺声骑车到省图时，舒念还没来。

他把车子放好，背着猫包来到他三年前发现这只猫的那个墙根。

在这儿站定，刚好正对着非机动车道对面的公交站牌。

宋祺声把猫包放到脚边，他拉开拉链，从里面抱出白猫，搂在怀里，和白猫一起等舒念来。

过了八分钟，马路对面有一辆21路缓缓驶近。

宋祺声低声对怀里的白猫说："伞伞，我喜欢的人要来了。"

过了一会儿，公交车靠站停，车门打开，舒念从公交车上下来。

女孩子的长发柔顺地披散着，她穿了一件很显白的奶黄色套头连帽卫衣和一条牛仔裤。

整个人看起来温柔又娴静。

舒念一下车就看到了马路那边在墙边抱着白猫等她的宋祺声。

等舒念穿过马路来到宋祺声面前，两个人对视了一瞬。

舒念对她露出浅笑，宋祺声也扬起了唇角。

随后舒念就伸手摸了摸他怀里的白猫。

她声音温柔地轻轻唤："伞伞？伞伞……你的名字好好听。"

她摸猫的时候，宋祺声一直垂着眼眸看她，眼中的笑意和温柔几乎要溢出来。

后来他们去了省图书馆的台阶上坐着撸猫。

今天周一，省图闭馆不营业，门前也没有别人。

只有他们两个和一只白猫。

舒念抱着白猫摸了一个小时，她不断地跟白猫轻声说话，语气比平时还要软糯。

宋祺声在这一个小时里，不知道看了舒念多少次。

他的眼睛总是不听使唤地望向她，嘴巴也不受控制往上翘。

最后，舒念把白猫交给宋祺声，对他说：“那……我回家了。”

宋祺声没想到她现在就要走，他们才待了一个小时而已。

他很想挽留她，却只点头应了声：“嗯。”

舒念转过身往前走去。

宋祺声望着她的背影，忽然不想就这样放她离开。

他在后面叫她：“舒念。”

女生停下脚步，转过身来。宋祺声起身抱着猫来到她面前。

他的心脏正扑通扑通地跳着，呼吸也变得急促。

宋祺声不敢看她，于是他低头看着怀里的白猫，鼓足勇气对她说：“那个……伞伞说还想再跟你待会儿。”

舒念被他的话弄愣，疑惑道：“啊？”

宋祺声叹了口气，索性坦白道：“其实是我，是我想再跟你待会儿。”

他的脸上以肉眼可见的速度染红，红晕一直蔓延到耳后根和脖颈。

“舒念，”宋祺声紧张到声音都在轻微发抖，他低低地问她：“你有感觉到吗？”

“我喜欢你。”

我喜欢你。

他终于说给她听了。

舒念只望着他，没有说话。

像是被猝不及防的表白吓到了，人根本反应不过来。

宋祺声见她满脸通红，却一直沉默，也觉得自己好像太冲动了。

他急忙低声说：“你不用立刻答应我，如果不喜欢我也可以直接拒绝……”

“我没有要为难你的意思，也不会强行让你留下来，我就是……”他有点语无伦次。

我就是很喜欢你，又突然很想让你知道我喜欢你。

你那么好，那么优秀，喜欢你的人一定很多，就像蒋枫，就像我，或许和你一起玩密室逃脱的朋友也喜欢你，以后肯定还会有别的男生喜欢你。

而你也值得被喜欢。

宋祺声突然词穷，不知道要怎么解释。

他偏头看向别处，有一辆通往她家的21路公交车驶了过来。

宋祺声滚了滚喉结，有点挫败道：“要不你回家吧，去你家的公交车来了。”

舒念却没有转身离开。

她伸手从他怀里抱过白猫，声音很轻地回复道：“我想再陪伞伞玩一会儿。”

宋祺声微怔，难以置信地垂眸盯着她。

而后他就笑了起来。

11 喜欢小猫

舒念和宋祺声一直待到黄昏。

夜幕就快降临，气温也快速下降。

舒念对宋祺声说：“你还不带伞伞回家吗？晚上很冷。”

宋祺声正坐在台阶上，弯腰偏头看她和白猫。他并没有回她的话，而是问：“舒念，所以你这算……答应我了吗？”

舒念被他问得脸颊发烫。

她垂下眼帘，睫毛快速扑闪了几下，然后很轻很轻地“嗯”了声。

舒念最初察觉到他可能喜欢她，是在她生日那天。

他骑车去给她买饺子，还送了她一个礼物。

后来在图书馆，他又默默地用书帮她挡阳光。

再后来在社团教室，他干坐着等了她两个多小时。

那个周六她去社团教室给海报涂色，他也一直陪着她。

现在再想来，他从一开始就表现的很明显。

全社团的女生，他只加了她一个人的微信。

聚餐玩游戏，是她要受惩罚喝酒，但他代她受了罚，可那晚别的女生在饭桌上要接受喝酒这个惩罚时，也没见他挺身而出英雄救美。

他那时就对她很特殊。

但舒念并不知道宋祺声是从什么时候喜欢她的。

她帮他把白猫放进猫包。

猫包是双拉链，舒念和宋祺声分别拉一个，最后两个拉链碰头，他们两个人的手也触碰了下。

宋祺声想牵舒念的手，但她很快就垂下了手，他没有抓住那一瞬的机会。

宋祺声背起猫包，把自行车开了锁推过来。

他问舒念："我送你回去？"

舒念笑着摇头："还是别了，我坐车很快的。"

"你快带伞伞回家吧，现在晚上气温很低，我怕它着凉生病。"

"等你上车我再回。"宋祺声说。

舒念也没执意让他现在就走。

宋祺声推着自行车陪舒念来到公交站牌。

没几分钟，21路公交车就来了。

舒念在上车之前回过身，对宋祺声挥了挥手。

她扬着浅笑说："宋祺声，明天见。"

宋祺声也对她抬手挥了挥，却笑道："不应该是晚上见吗？"

舒念一想，也是，今晚他们就会返校了。

等舒念上了车，公交车离开，宋祺声才踩着夜色骑车回家。

他到家后一掏出手机，就看到了舒念十多分钟前给他发的消息。

舒念：我到家啦。

宋祺声立刻回她：我也到了。

舒念给他发了一张照片过来，是饭桌上的饭菜。

她说：我在吃饭。

宋祺声打字发送：那你先吃，吃完我们再聊。

舒念说：吃完就该回学校了。

宋祺声便顺势问：我能去找你，跟你一起回学校吗？

舒念抿唇笑，回他：好啊。

随后她就把她家的地址告诉了他。

发完地址，舒念又急忙给他发：你不用着急赶过来，我吃完饭还要收拾衣服，你大概……八点半出发就行。

宋祺声应允：好。

舒念吃完饭就回了卧室收拾行李。

因为之后天会越来越冷，她这次特意拎了行李箱回家，想拿一些换季的衣服。

等她把行李收拾完，一抬头就看到了床上自己那个双肩背包上挂的香囊。

蹲在地上的舒念起身，拉开抽屉，从抽屉里拿出那个红色的盒子。

盒子里装着她今年五月份去惠古寺给宋祺声求的那个学业香囊。

舒念把这个小盒子塞进了背包里，然后拿起手机看了眼时间，已经八点四十了。

她在微信上问他：你出发了吗？

宋祺声秒回：到了，在等你。

然后又发：你别着急，慢慢收拾。

舒念立刻背上包拉着行李箱就出了卧室。

舒思谦见状，走过去从她手中拿过行李箱，帮她把行李箱拎下楼。

“这么晚了，我送你回学校。”舒思谦说着就要去拿车钥匙。

舒念急忙制止：“爸，不用，我跟我同校的朋友一起回。”

舒思谦道：“那正好，让你朋友也一起坐车回你们学校。”

舒念还是坚持：“真的不用了。”

不等舒思谦去换衣服，她已经拎着行李箱快步走到了门口，“我走了，爸，阿姨，再见。”

舒念从家里拉着行李箱奔出来，然后就看到了宋祺声。

他站在她家门口，旁边停了辆出租车。

宋祺声来到她身边，拿走她的行李箱，有些无奈地笑着说她：“你跑什么呢？我都说了不着急。”

他说着，把她的行李箱放进出租车的后备厢。

舒念一边上车一边解释：“不是，我跑是因为我爸非要送我。”

她顿了顿，又继续说：“还让你一起坐他的车回学校。”

宋祺声很惊讶道：“你已经告诉叔叔我们……”

“没，”舒念窘迫地说，“他说他要送我，我说我跟朋友一起回学校，他就说要你一起坐车……”

“啊……”宋祺声歪头，低笑了一声，“原来是朋友。”

舒念：“……”

她拉开背包的拉链，从里面拿出那个装着香囊的盒子，递给宋祺声，话语温软道：“这个给你。”

宋祺声对这个盒子并不陌生。

他在惠古寺见过。

宋祺声拉开盒子，里面装着一个天蓝色的香囊，和她书包上挂的那个一模一样。

香囊上写着“前程似锦”四个字。

宋祺声拿着这个香囊，低声问：“你什么时候去求的？”

舒念回他：“五一假期的时候。”

“奶奶和我一块儿去了趟惠古寺，她帮我求了学业，就是我书包上挂的这个。”

“我也求了一个。”她模棱两可道。

宋祺声继续问：“帮我求的？”

“啊。”舒念应了声。

随即又说：“本来没打算给你的……”

“为什么？”宋祺声很在意道，“为什么不打算给我？”

舒念眨了眨眼，如实回他：“就……没想过啊。”

因为从来不觉得自己能和他有点什么，所以根本没想过要把这个香囊送给他。

“那为什么现在又给我了？”宋祺声不理解。

她说：“就突然想给你了。”

宋祺声其实很想问她一个问题，但介于出租车上还有司机在前面能听到他们说话，他就没有问。

宋祺声直接把香囊也挂在了他的书包上，然后，他故作自然地伸出手，握住了舒念的。

在音乐喷池边，宋祺声曾无意间听到一对小情侣中的女孩子对男孩子说：“我听说，只要和喜欢的人同时把硬币抛出去，他们就会在一起。”

他抓住机会抛出了那枚硬币，他想，如果可以成真的话，晚一点实现也没关系，能实现就好。

现在真的实现了，他和舒念真的在一起了。

宋祺声克制住内心的激动，别过脸平复心情，嘴角的弧度却怎么也压不下去。

舒念低垂着头去看了一眼被他紧握在掌心的手，又扭头望向窗外。

他们的手指慢慢交错，滑入对方的指缝，最后十指错落相扣。

到了学校门口，宋祺声和舒念下车，他把她的行李箱从后备厢搬下来。而后，宋祺声一手推着行李箱一手拉着舒念的手，进了学校。

他把舒念送到她宿舍楼下，帮她把行李箱拎到台阶上，才肯松开他们相牵的手。

舒念跟他说了再见，随即就推着行李箱进了宿舍楼里。

过了会儿，宋祺声在微信上问舒念：舒念，你是什么时候喜欢我的？

舒念没有回答他，而是回了句：我也想知道，你是从什么时候开始注意到我的？

她觉得不是大学。

应该比大学还要早一点。

宋祺声没有拐弯抹角，坦然说：第一次遇见你，看到你把雨伞留给小猫的那次，就开始注意你了。

宋祺声：后来那几天我每天都去省图书馆，但是都没见到你，一直到8月4号，你才出现。

舒念没想到会这么早。

他继续说：你还记得那天我们撞了下吗？我故意的。

宋祺声坦荡地承认：我就是想跟你说句话。

舒念：“……”

她慢慢打字发送：我就是因为那天和你撞了下，才……注意到你的。

宋祺声说：你学习一直都很努力，有目标，有理想，大家很难不注意到你吧。

但也因为如此，我不敢打扰你，甚至连话都不敢多说几句。每次看到你进步，我都会默默地为你高兴，你真的很优秀！

舒念盯着手机屏幕的眼睛逐渐泛热，鼻尖也开始发酸。

原来他们都是一样的。

不止她小心翼翼，他也会。

他们在彼此面前变成了胆小鬼。

舒念本以为，这是属于她自己的单向轨道。

现在她才了解到，他一直在从轨道的另一端不断向她靠近。

舒念用手指揉了揉视野模糊的眼睛，然后给宋祺声发了一条微信。

舒念说：宋祺声，我喜欢你。

（正文完）

DAN LIAN GUI DAO

番外

宋祺声笑着说："你的名字真好听。"

念念不忘。

我对你，念念不忘。

舒念莞尔道："你的也好听。"

声声回响。

像我和你的暗恋，每一声都等到了回响。

01

我只
喜欢你

舒念和宋祺声在一起的事隔天大家就都知道了。

因为早上舒念和舍友出门去上第一节课时，宋祺声骑车过来给她送早餐。

第一节课上完回到宿舍后，舒念被三个舍友摁在宿舍里的椅子上追着问到底是怎么回事，她只好简略地说了下情况。

“你们都不知道对方喜欢自己？”魏梦希问。

“啊。”舒念蹙眉咕哝，“我一直觉得我们不算很熟，虽然在省图见了很多次，但是没有说过太多话……”

“如果不熟，你们为什么能在一起啊？”杨笑雨不解道。

舒念浅浅笑了下，说：“因为上了大学他比较主动啊，表现得也挺明显。”

叶楚星很好奇：“他都干吗了？”

舒念不假思索道：“全社团只加了我一个女生的微信。”

“聚餐的时候只替我挡酒。”

“生日那天特意给我买我喜欢吃的饺子，还送我生日礼物。”

“我在图书馆午睡的时候，他偷偷用书给我挡阳光。”

“还有我晚上一个人在社团教室画海报，他就陪着我，等我忙完了跟我一起回来。”

“国庆节主动约我出门。”说到这里舒念突然想起来，“啊，他还约了我有时间去玩密室逃脱。”

三个舍友你看我我看她，最后魏梦希率先出声：“念念，你可真能藏啊。”

杨笑雨紧接着说：“你说的这些，我们只知道生日他送你礼物给你买饺子这件事。”

叶楚星也故作生气道：“其他的你都没告诉我们。”

“没有一顿饭哄不好了。”魏梦希提要求。

杨笑雨故意搞事：“一顿饭怎么行？”

叶楚星说：“刚才念念不是说他们还要玩密室逃脱吗？我们得加码，要一顿饭再加一次密室逃脱才原谅她。”

舒念被她们逗笑，连忙答应：“好好好，满足你们，请你们吃饭，再喊你们一起去玩密逃。”

中午宋祺声找她吃午饭，舒念把这件事告诉了他，宋祺声笑着说：“正好，我那几个舍友也要让我请吃饭，不如到时候我们两个宿舍一起，吃完饭去玩密室逃脱。”

“再加一个甜甜。”舒念补充。

“好。”他很自然地牵住了她的手，然后说，“不过要等篮球赛结束，这几天我需要跟队友一起训练。”

“我知道。”舒念同样在篮球社，自然知道他最近在忙球赛的事。

“你先忙，等篮球赛结束了我们再出去玩。”

宋祺声问：“比赛那天，你会去看我打球吗？”

舒念浅笑道：“肯定要去啊，去给你加油。”

·

10月13日，沈大篮球社举办的篮球赛开赛。

舒念全程都在看台上看宋祺声打篮球。

篮球场上的他特别热烈张扬，像一簇烈火，炙热又明亮。

比赛到中途休息的时候，有好多女生跑下去给球员送水，宋祺声也被几个女生围住。

他直接对那几个女生说：“抱歉。”然后宋祺声就退后了两步，从旁边绕过，径直朝过来找他的舒念走去。

舒念把手中的矿泉水给他，他拧开瓶盖，咕嘟咕嘟喝下去半瓶。

舒念忍不住说他：“你慢点喝。”

宋祺声一边拧好瓶盖一边冲她笑。

舒念也仰头看着他笑。

这次的友谊赛，最终以大一学弟获胜结束。

舒念刚小跑到宋祺声面前，他就一把将她抱进了怀里。宋祺声紧紧地拥着她，愉悦地笑出声。男生身上还散发着热气，他的气息还未喘匀。

舒念在他怀里，脸红了个透，心里仿佛有只小鹿在胡乱地撞。

篮球赛过后一周，舒念和宋祺声分别叫上舍友，带着被舒念喊过来的江恬，九个人一起去商场里的烤肉店吃了顿烤肉。

接着几人就去了商场另一层楼玩密室逃脱。

因为人有点多，而且大家不愿意分开玩两个本，他们就选了最多可以容纳10个人玩的恐怖本。

宋祺声发现，舒念确实不怎么害怕。

她的胆子并不小，似乎也不需要他保护，但他还是时时刻刻牵着她的手。

中间有个房间非常黑，宋祺声趁谁也看不见谁，偏头在他牵着手的舒念脸上飞快地亲了一口。

舒念瞬间愣在了原地。等大家找到了线索将灯打开，舒念脸上的红晕还没散去。

一个密室逃脱玩了两个小时，之后他们就一起回了学校。

进了校门口，其他人在前面有说有笑地走着，宋祺声和舒念手牵手落后他们几步。

宋祺声低声对舒念说："下次不带他们，就我们两个人去玩，玩两人本。"

舒念笑着应："好啊。"

"宋祺声。"舒念突然停了下来。

宋祺声也停住脚步，不明所以地转过身看她。

舒念往前面看了眼，人家已经拐过了弯。

宋祺声已经来到她跟前，低头注视着她，温声问："舒念，怎么……"

他的话还没说完，人就怔在了原地。

舒念刚刚踮起脚在他的侧脸上碰了一下。

就在舒念要拉着他继续往前走的时候，宋祺声拉着她的手稍一用力，又把她拽了回来。

他就这样一只手和她握着，另一只手揽住她的后腰，低下头，稍稍弯腰，与她唇瓣相贴。

舒念的眼睫慌乱地颤了颤，然后就紧张地闭上了眼。

他们的影子在路灯下交叠，亲密无间。

"舒念。"

“嗯？”

“今年我们一起过平安夜和圣诞节吧。”

她笑：“好。”

“也一起过元旦，一起看初雪好不好？”

“好。”

“舒念。”

“嗯？”

“我只喜欢你。”

“嗯。”

“就只‘嗯’吗？”宋祺声问：“你没有什么想对我说的吗？”

舒念笑了笑，小声说：“我也只喜欢你，宋祺声。”

02

暗恋的
回响

舒念和宋祺声到女生公寓楼下时，同行的其他人早就散开各自回了宿舍。

宋祺声牵着舒念的手没松，舒念也没挣开。

两个人面对面站着，都没开口说话。

须臾，宋祺声把她往自己怀里轻轻拽了拽，舒念往前迈了一小步，然后就落入了他的怀抱。

宋祺声微垂着头，下巴轻抵她的发顶，嗓音清朗地对她温声说："抱会儿。"

舒念脸颊发烫地侧头靠在他胸前，有些腼腆地应了一声。

而这时，舒念的舍友们正在宿舍的小阳台上往下看，甚至还打起了赌。

叶楚星话语笃定道："一会儿就该亲了。"

杨笑雨也附和："而且肯定是宋祺声主动。"

魏梦希却不赞同地摇了摇脑袋，"我觉得不会，应该直接就松手分开了。"

“这俩一看就是纯情恋爱选手。”她笑着揶揄。

“打赌不？”叶楚星说，“就赌一顿早餐，我和笑雨赢了的话，希希你请我们俩吃早饭，我俩要是输了，分别请你吃一顿早餐。”

“行，那就这么说定了。”魏梦希爽快应允。

叶楚星抬手和杨笑雨击了个掌，胸有成竹地高兴道：“赢定了！”

然后她们就一直观察着楼下还在拥抱的两个人。

片刻后，舒念和宋祺声渐渐拉开距离。

舒念顶着一张红红的脸蛋，微微颤着眼睫，嗓音轻软地对他说：“我上去啦。”

宋祺声“嗯”了下。

他望着她，一直目送她进了公寓，消失在他视野中，他才转过身往回走。

叶楚星和杨笑雨万万没想到宋祺声和舒念就这么分开了。

旁边的魏梦希笑出声，优哉游哉地开口：“怎么样？被我说中了吧？我就说他俩绝对是一对纯情的小情侣。”

等舒念一进宿舍，叶楚星就冲她嚎：“你俩咋回事呢？咋不亲嘴儿呢？”

舒念登时脸红耳热，轻嗔叶楚星：“星星你正经点！”

魏梦希笑着说：“她俩跟我打赌你俩会不会……”

她没再往下说，冲舒念嘟了嘟嘴。

舒念：“……”

“我先去洗漱了。”她怕她们三个拉着她问些有的没的，赶紧逃到了水房。

熄灯后，舒念还在跟宋祺声在微信上聊天。

说起上了大学才有联系方式这件事时，宋祺声突然问舒念：念念，你的QQ号是多少？

他居然叫她……念念。

舒念被他这句“念念”给弄昏了头，乖乖地把QQ号发给了他。

很快，她的QQ上就来了一条好友添加请求。

舒念打开QQ界面，看到对方的头像是伞伞，昵称也叫“Echo”，不由得抿嘴笑了下。

他还写了备注，说：“是你男朋友。”

舒念点了同意添加，然后把他的备注改成了“祺声”。

宋祺声给她发：终于有了你所有联系方式。

舒念回了他一个猫咪开心的表情包。

然后给他发：心满意足。

宋祺声说：我也是。

能跟你在一起，我终于心满意足。

后来两个人互道了晚安，就结束了聊天。

舒念在睡前又把他们今天的聊天记录翻看了一遍。

忽然，她像想到什么似的，立刻打开了微信。

舒念把自己的头像换回了大白那张照片。

做完这件事，舒念才放下手机睡觉。而她不知道，宋祺声今晚把她QQ空间里的所有说说都看了一个遍。

他一直翻到最底部，看完她的第一条说说，这才肯退出来。

也是今晚，宋祺声看到了舒念在高二寒假发的那条有鸡鸭鹅牛羊猪照片的说说。

那个时候他们没加QQ好友，但是她却在空间发了这些照片，只因为他对她提过一嘴他没见过。

她怎么……这么可爱啊。

宋祺声点开微信，本来是想跟舒念发条微信的，结果他发现舒念的头像又变回之前那只白猫了。

宋祺声笑了下，也把自己的微信头像换回了伞伞的照片。

然后他才给她发了微信消息，说：念念，以后你带我去你家乡看看活的鸡鸭鹅牛羊猪吧？

舒念是早上才看到他大半夜给她发的微信消息。

她回他：好啊。

随即点开他的头像大图看了一秒，笑了笑，又打字问他：你昨晚熬夜了？

宋祺声回了她一个可爱的猫咪表情包。

他给她发：看了你的QQ空间，不知不觉就那么晚了。

怪不得他突然说以后想去她的家乡看活的鸡鸭鹅牛羊猪。

肯定是看到她之前发的那条说说了。

舒念想到她所有的说说动态都被他看完了，登时有点窘迫，同时又有点欣喜。

原来真的会有一个人，会把她这些年发过的所有动态一一看完，然后很认真地给她回应。

她抿嘴笑着给他回：你继续睡吧，我去洗漱。

宋祺声发来：好。

舒念洗漱完后，和睡醒的魏梦希一起去了A餐厅吃早饭。

刚把饭买好找到地方坐下，舒念又突然收到了宋祺声的微信：睡不着了，要一起吃个早饭吗？

舒念很抱歉地告诉他：我和希希已经在A厅了……

然后又立刻问：你要来吗？

宋祺声一听有她的舍友，便说：那算了，你们吃。

宋祺声：我们再找时间，明天后天都行。

舒念浅笑应：好。

放下手机吃早饭的时候，魏梦希调侃她："一大清早就聊上了啊，不愧是陷入爱河的人呐。"

舒念被打趣得脸蛋瞬间变得通红，急忙低头去喝豆浆，以此来掩饰她的羞赧。

吃完早餐，舒念在放好餐具后对魏梦希说："希希，你先回宿舍吧，我……"

"我有点事。"她含糊其辞地说。

魏梦希意味深长地笑着应："行，你赶紧去找你男朋友吧，那我先回了。"

舒念折身回到卖饭的窗口，买了豆浆和鸡蛋饼打包。

临出餐厅时，舒念怕这些不够宋祺声吃，又返回窗口买了一个鸡肉包和一个茶叶蛋打包。

从A厅出来后，她拎着早餐往宋祺声住的男生公寓走去。

她在路上边走边给他发微信消息，问他：你现在干吗呢？

宋祺声秒回：在床上躺着。

舒念笑着打字：下楼一趟？

宋祺声发了个疑惑的表情包。

下一秒，他突然明白过来，立刻一个鲤鱼打挺坐起来。

急忙回舒念：等我一小会儿，这就来！

舒念告诉他：我还在过去的路上，你不用急。

宋祺声哪能不着急，他恨不得立刻就飞奔到楼下去见她。

但他得先洗漱换衣服。

等宋祺声从宿舍楼里出来时，舒念已经在路边了。

他抬脚小跑到她面前，笑得很阳光，问她："等了多久？"

舒念也眉眼弯弯地笑，回他说："没多久，刚到。"

"喏，"她把手里拎的早餐递给他，"给你买了早餐。"

宋祺声受宠若惊。

在接早餐时，他开心又无奈地低喃："哪有女朋友给男朋友送早餐的……"

舒念歪了点头，认真地问："为什么不能？"

宋祺声垂眸看她，然后突然弯腰，飞快地在她的脸上啄了一口。

舒念顿时愣怔在原地，眼神躲闪地偏开头。

鸦羽般的长睫不断颤动着，犹如蝴蝶振翅。

舒念胸腔里的心脏扑通扑通跳。

脸也烫烫的，像突然发起了高烧。

她不知道要作何反应，最后耷拉着脑袋，很蹩脚地轻轻推了他一下，声音很小地咕哝："你快回宿舍吃饭吧。"

他却急忙拉住她的手，舍不得就这样让她走。

男生穿着白衣黑裤，简单干净，一头柔软的黑短发被清晨的微风吹得轻荡。

少年耳根红透，脸上挂着略带羞涩的笑，嗓音清朗动听，挽留她："才刚见面，再待会儿。"

舒念低头看着他们相牵的手，腼腆地抿嘴笑了。

须臾，她提醒他："再不吃就凉了。"

宋祺声"嗯"了声，笑着回她："没事。"

舒念轻轻叹了下。

她往前迈了一步，抬手环住他的腰，小声说："先去把饭吃了吧。"

然后又说："明早我们一起吃饭，好吗？"

宋祺声回拥住她，他的侧脸紧贴着她的秀发。

男生垂眼笑着，语气愉悦地答应：“好。”

“明早我去你宿舍楼下找你。”

“念念。”他忽然低低唤了她一声。

“嗯。”舒念在他怀里轻轻应。

宋祺声笑着说：“你的名字真好听。”

念念不忘。

我对你，念念不忘。

舒念莞尔道：“你的也好听。”

声声回响。

像我和你的暗恋。

每一声都等到了回响。

03

让时间
暂停

舒念和宋祺声找了个周日去玩两人的密室逃脱，然后又一起看了场电影，还在商场逛了大半天。

宋祺声给舒念买了很多零食，后来他拉着她去了抓娃娃机前，和她一起玩起了娃娃机。

最后舒念和宋祺声一人抓到了一只猫猫玩偶。

晚上要回校之前，宋祺声和舒念去了一家火锅店解决晚饭。

“念念，明天上午你有课吗？”宋祺声边用公筷给舒念夹牛肉卷边问她。

舒念点点头，把吃进嘴里的藕片咽下去才开口回他：“有的，第一节就有。”

她说着就放下筷子，拿起手机打开课程表APP，把自己一周的课程表截图发到了宋祺声的微信上。

宋祺声也立刻将自己的课程表发给了舒念，然后他就说：“我明天上午没课。”

“啊。”舒念眨了眨眼，表面一派平静，心脏却扑通扑通地跳。

其实今天她一整天心跳都不正常。

他牵她的手她心跳加速。

他抬手揽她肩膀她心跳失控。

他叫她念念她会心悸。

就连他不说话只垂眸瞅着她笑，她的心脏也在胸腔里活蹦乱跳。

舒念心里在想，宋祺声告诉她，他明天上午没课，是不是打算跟她去上课的意思？

但她又不确定，所以只呆呆地“啊”了声，想看看他会不会接着说他去陪她上课的话。

宋祺声跟舒念说他没课就是想明早陪她去上课，但话到嘴边他又有些迟疑。

宋祺声担心舒念嫌他太黏人，怕舒念烦他。

两个人都沉默了片刻后，又同时开了口。

宋祺声忐忑地问舒念：“我明天陪你去上课吧？”

舒念十分紧张地轻声问他：“你明天要跟我一起去上课吗？”

她的声音被鸳鸯锅里咕嘟咕嘟沸腾的汤底遮盖了些，但宋祺声还是听清了她的话。

她说的每一个字，他都听到了。

听到对方的话，两个人不约而同地愣怔了一下，而后就望着对方笑起来。

宋祺声继续用公筷帮舒念从菌汤锅底里夹肉卷，同时跟她商量：“那我明早帮你买饭，然后去你宿舍楼前等你？”

“嗯，好。”她浅笑着应。

隔天清早，舒念一起床，打开手机就看到了宋祺声几分钟前给她发的微信消息。

他说：我到你宿舍楼下了，你别着急，慢慢收拾。

舒念回他：我洗漱完就下去。

她回完他的消息就立刻放下手机去了水房。

梳洗打扮完，舒念背起她的书包，对才刚刚起床的三个舍友笑着说：“宋祺声来找我，我先去教室啦！”

“哎哟，去吧去吧。”魏梦希回她。

杨笑雨紧接着提醒舒念：“记得帮我们占座！”

“知道的。”舒念莞尔应道。

在要下楼之前，舒念站在楼梯口，低头给宋祺声发了一个“我来啦”的表情包。

随即她就收起手机，步伐欢快地踩着台阶下了楼。

舒念从宿舍公寓楼里一走出来，就恰好和正往这边看的宋祺声目光交会。

四目相对的瞬间，他就对她笑了起来，同时抬手挥了挥。

男生坐在自行车的车座上，双脚轻轻松松地撑地保持着平衡。

他今天穿了件黑色的外套，里面的卫衣是白色的，下身搭配着黑裤和白板鞋。

很简单的穿着，却衬得他更出挑了。

舒念笑意盈盈地小跑到他面前，宋祺声把拎在手里的早饭递给她，然后让舒念坐到自行车的后座，他载着她在校园里沿路骑行。

清晨的风微凉，阳光和煦。

舒念一手拿着他给她买的早餐，另一只手慢慢抬起来，揪住了他腰间的衣料。

宋祺声迎着朝阳笑，坐在自行车后座的舒念也在嘴角上翘。

舒念和宋祺声到教室很早，他俩进来时，教室里只有一个女生。

舒念选了中间第六排的位置。

然后她就从书包里往外拿书，放到这一排的其他空位上。

中间一排有六个座位，舒念坐在右侧第二个位置，宋祺声在靠近过道的最右侧的位置上坐下来。

她慢吞吞地吃着他给她买的鸡蛋饼，时不时就含住吸管喝一口豆浆，宋祺声帮她把茶叶蛋剥好，递给她。

正一手拿着鸡蛋饼一手端着纸杯豆浆的舒念没反应过来，身体很诚实地低头咬了一小口茶叶蛋。

宋祺声稍愣，而后就无声地笑起来，他就这样喂她一口一口吃茶叶蛋。

等舒念吃完早餐，教室里的人也渐渐多了起来。

宋祺声从他的书包里摸出一包纸巾，撕开开口后抽出一张，帮她擦了擦嘴角。

舒念登时很不好意思地抬手自己拿住纸巾，红着脸小声说："我自己擦吧。"

之后宋祺声起身，把纸巾和早餐袋子等东西扔到外面的垃圾桶里。

他给她擦嘴角时舒念的三个舍友刚好走进教室看到这一幕。

宋祺声出了教室后，在左侧相挨着坐下的三个女生就凑过来开始调侃舒念。

"念念，你男朋友好贴心哦，还给你擦嘴角。"杨笑雨笑道。

叶楚星也出声："我就说他肯定老稀罕我们念念了。"

和舒念只隔了一个空位的魏梦希凑近舒念，悄悄地说："他给你擦个嘴巴你怎么就脸红啦？"

这句话说完，正赶上宋祺声回来，魏梦希若无其事地笑着坐正，舒念的脸比刚才宋祺声出去时还要红。

接下来的两节课，宋祺声只在课间休息的时候和舒念低声聊天交谈了几句，上课时舒念很认真地听讲，宋祺声从不打扰她。

两节课上完，大家立刻起身收拾东西，陆陆续续地走出教室。

舒念的舍友知道舒念不用她们等，也已经离开了教室。

因为接下来没有课，舒念就没着急走。

她坐在座位上，想着等人走得差不多了，门口不挤了再和宋祺声慢慢离开。

然而，等教室里没了其他人，她站起来打算走的时候，手腕却被宋祺声攥住了。

舒念低头看向他，以为他有话要跟她讲，就又坐了下来。

下一秒，宋祺声半转过身，凝视着她。

舒念和他对视着，目光茫然。

她刚要问他“怎么了”，他突然凑近，嘴巴一瞬间就贴上了她的唇瓣。

舒念顿时紧张到肩膀微耸，漂亮的杏眼蓦地睁大，胸腔里的心脏怦怦怦地剧烈跳动起来，而她傻乎乎地僵坐着，忘记了呼吸。

时间仿佛停止了，可窗外的风却将教室里的窗帘吹动，不断地摇摆晃动着，像极了她此时此刻的心脏，很不安分地摇摇晃晃着。

须臾，宋祺声刚稍微退开一点，舒念就耷拉下脑袋，把额头抵在了他的肩膀上。

她埋头在他肩前，藏起了那张红透的脸，羞赧地不让他看。

宋祺声抬手拥住她，嘴角不受控地扬起来，神情也变得很温柔。

舒念感觉脸好烫好烫，身体犹如着了火，正无比凶猛地燃烧着。

原来，刚刚只有属于他们两个人的时间暂时停止了。

舒念这才知道，亲吻是可以让时间暂停的。

04

在雪中
亲吻

平安夜这晚，校篮球社让大家到公教楼B205教室集合。

舒念在收到这条通知短信后和往常一样回了一句“收到”。

她刚回完信息，宋祺声的微信消息就传了过来。

宋祺声：念念，一会儿我骑车过去接你一起去公教楼。

但是舒念之前都是跟江恬一起的。

她回宋祺声：我这边还有甜甜呢……

他似乎知道她会为难，几乎是舒念把消息发给他的同时，他就又发了一条：曲榭也有自行车，可以载江恬过去。

舒念瞬间眉眼弯弯地笑了，回他：好，那我跟甜甜说一声。

舒念正想给江恬发消息，江恬就推开了她们宿舍的门，扬声问：“念念，你收拾好了吗？曲榭说他和你家宋祺声这就过来。”

你家……宋祺声……

你家……

舒念顿时耳根发烫。

她轻瞋了江恬一眼，转移话题打趣江恬：“你跟曲榭什么时候这么熟了？”

江恬一点都不虚，回她：“同在篮球社，再加上有你和宋祺声这层关系，我俩想不熟都难呐！”

舒念：“……”

“哎呀！”江恬突然想起来自己忘了拿东西过来，有些懊恼道，“我忘了拿苹果过来给你。明明都放到了桌上，结果还是忘记拿了。”

舒念笑着说：“没事，等回来我们再换平安果。”

她说话时拿起白色的棉服穿上，随即又围了条淡粉色的围巾。

等舒念穿戴好，江恬就和她手挽手出宿舍下了楼。

两个女孩子从女生公寓里走出来时，宋祺声和曲榭刚好骑车停在她们宿舍楼前。

江恬很自觉地松开挽着舒念胳膊的手，走到了曲榭那边。

舒念笑着来到宋祺声跟前，她还没坐到后座，宋祺声就动作自然地伸手帮她扣好了棉服上的帽子。

“戴上帽子，不然会冷。”他的嗓音清朗又温和。给她戴好帽子后，他还用戴着手套的手隔着帽子摸了摸她的脑袋。

舒念弯唇笑，旋即就坐到了他的自行车后座。

在他蹬上脚踏板往前骑行的那一刻，舒念抬手搂住了他的腰。

“宋祺声。”她轻声唤。

“嗯？”他微偏头，眼睛依然注视着前方。

舒念说：“一会儿回来后你在楼下等我一下，我去拿苹果给你。”

他笑了声，回她：“我也有东西要给你。”

“这样吧，一会儿我把你送回来，我先回宿舍一趟，然后再过来找你。”

“好。”舒念答应。

这次篮球社叫大家集合也没什么事，就是社长和副社长给大家买了苹果，让大家过来拿，然后一群人又闲聊了几句，不知道是谁提了嘴过几天学校有元旦晚会，然后就散了。

宋祺声骑车把舒念送到她宿舍楼前，临走前嘱咐她："一会儿我给你发消息你再下来，外面太冷了。"

"好，"她浅笑应，"知道啦。"

舒念回到宿舍后，先去找了江恬，和江恬互换了苹果，然后才回宿舍等宋祺声的消息。

几分钟后，宋祺声的消息传进来：念念，下雪了！

随即，一段视频就发了过来。

视频中能清晰地看到路灯下纷纷扬扬飘落的雪花。

还能听到他走路的声音。

他正朝她走来。

舒念拿上要送给他的苹果就跑下了楼。

宋祺声转过弯，刚要给她发消息说可以下来了，就见到舒念正站在宿舍楼前的路边，手里拿着一个红彤彤的苹果。

他立刻拔腿向她跑来。

宋祺声停到她面前后问她："不是跟你说等我消息再下来吗？"

舒念眨了眨眼，脸上漾着笑说："你说下雪了啊。"

宋祺声一时不知道舒念的意思是她迫不及待想看雪，还是她把他告诉她下雪又给她发视频理解成了给她消息。

"喏，"舒念把手中的苹果给他，话语温软道，"平安夜快乐。"

宋祺声接过来，也礼尚往来地给了她一个苹果。

还有一个苹果形状的盒子。

舒念拿着盒子问他："这是什么？"

宋祺声笑着说：“礼物。”

舒念当着他的面打开，里面是一条项链。

链坠是一颗苹果，这个苹果的背面刻着字母“S”。

宋祺声拿起这条项链，打开锁扣，给舒念戴好。他的双臂环过她的脖子，像是把她拥在了怀里。

须臾，宋祺声稍稍退开，舒念低头捏着链坠看，唇角不自觉地翘起来。

“平安夜快乐，念念。”宋祺声话语温柔地对她低声呢喃。

舒念抬起脸，望向正垂眸看着她的宋祺声。有雪花簌簌飘下，落到他的头上。

舒念抬手，轻轻地帮他拂去素白的雪片，而后，她踮起脚，在这一年的初雪中吻了她喜欢的男孩子。

宋祺声低头，他看到她闭着眸子，长睫正不断地轻轻颤动着。

宋祺声胸腔里的心脏扑通扑通跳动，剧烈的心跳震着他的耳膜，吵到他几乎听不见别的声音。

他伸出手，搂住她，在她要退开时追上去，又重新让他们的唇瓣相贴。

他一下一下地轻吻着她柔软的红唇。

雪花落到脸上，钻进脖子里，冰冰凉凉的，可他全身燥热，仿佛整个人都要烧起来。

过了片刻，宋祺声不再侵占着她的唇，直起身把满脸烧红的她拥进怀里。

舒念贴靠在他胸膛，清晰地听到了他急促的心跳。和她的心脏同样失去控制的跳动声，怦、怦、怦。

舒念嗓音泛软地小声说：“宋祺声，明天我们也一起过吧。”

他们之前说好的，要一起过平安夜、圣诞节，也要一起过元旦看初雪。

“好。”宋祺声欣然应允。

“元旦呢，你想怎么过？”他问。

舒念想了想，在他怀里仰起脸来，望着他，用商量的语气问：“要见面吗？”

他笑，回她：“要。”

“那我们就元旦当天见面吧。”她抿嘴浅笑。

“好。”他语调轻快，“那我到时候去找你。”

.

元旦当天，天气晴朗，但温度很低。

舒念在收到宋祺声的消息后就拎着一个装着盒子的礼袋出门了。

宋祺声就站在她家附近的路边等她。

舒念看到他后就朝他小跑去。

来到他面前，她伸手把拎的东西给他。

宋祺声很意外，好奇道：“这是什么？”

“给你的礼物。”舒念说。

在宋祺声把盒子从礼袋里掏出来要打开的前一秒，舒念又突然摁住盒子。

她红着脸，有点忐忑地告诉他：“是我自己做的，不值钱，你……你可以嫌弃。”

宋祺声笑了下，笃定地回她：“我不会嫌弃。”

而后，他打开盒子。

里面赫然出现一条折叠整齐的灰色围巾。露在他眼前的这端，织着一只白色的异瞳小猫，边角处还绣着一个字母S。

宋祺声抚摸着质地柔软的围巾上的小猫图案，颇为惊讶地问：“你还会织围巾？还能在围巾上绣图案？”

舒念说：“跟我奶奶学的。”

“你织了多久？”他又问。

舒念如实回答：“从十一月初开始准备的，平常在学校没空织，所以都是周末回家后偷偷在房间里织的……”

她的话音未落，宋祺声就把她揽进了怀里。

“谢谢你，念念，我好喜欢你这个礼物。”他欣喜地笑着说：“这是我收到的最宝贵最特别的礼物，用多少钱都买不到。”

因为，她送的，是她的真心。

宋祺声立刻就戴上了舒念给他织的围巾。其实这条围巾很适合他，除了尾端那只小猫和字母，没有其他花里胡哨的东西，而那只小白猫和字母S点缀得刚刚好。

他围着她送他的围巾，弯腰在她的脸颊亲了她一口。

“我真的很喜欢这个礼物，念念。”

宋祺声确实很喜欢这条围巾。后来几年每个冬季里的每一天，只要是去室外，他都会戴上这条围巾。也因为这条围巾，这年春节，宋祺声交女朋友的事不仅被他父母知道了，还传遍了亲朋好友。

05

慢慢地
告别

宋祺声和舒念日常约会的地点就是图书馆，两个人一进大学就各自有明确的目标——保研，就读本校的研究生。

所以宋祺声和舒念从大一就在为保研做准备。

英语四六级舒念和宋祺声在大一就以高分考了下来，大二和大三他们主攻各自的专业课，每门学科的绩点都要拿到最高。

除此之外，舒念和宋祺声还参加过各自专业上含金量很高的竞赛，也取得了不错的成绩，拿了不少证书。

大三上学期的某天，舒念和宋祺声一起在图书馆学了一上午。

中午在附近的餐厅吃完午饭回到图书馆后，舒念给手机插好耳机，她自己戴好一只耳机，然后把另外一个耳机塞到宋祺声耳朵里，打开音乐播放器，选了一首舒缓的音乐播放。

宋祺声的手搭在她的椅背上，他歪头靠近她，几乎和她脑袋相挨。

舒念正低头清理着QQ上的消息。

虽然她和宋祺声加了QQ好友，但他们自加上那晚之后就再也没用QQ聊过天。

舒念把杂七杂八一堆没用的未读消息气泡一键滑掉，然后就挨个删最近联系人列表里的什么QQ游戏、QQ钱包等等。

顺便也把好久没有人说话的群从最近列表删除。

删来删去，最后只留下了一个人，她给的备注是——祺声。

宋祺声在旁边，一眼就看到了她给他的备注，他忽然就偏过头笑了下。

须臾，舒念放下手机，靠住他的肩膀，刚闭上眼打算眯一会儿，宋祺声突然问她："念念，你叫我什么？"

歪头枕着他肩膀的舒念睁开眼睛，目光茫然地微仰起脸看他，如实回答："宋祺声。"

他垂眼瞅着她笑，眉宇疏朗地低声说："不是，你给我的QQ备注，是什么？"

舒念的眼神开始闪烁躲避起来。须臾，她声如蚊蝇地回他："祺声……"

她的话音未落，男生就低头吻住了她的唇。

这次他没有浅尝辄止，而是慢慢地、一点一点地、加深。

耳机里的那首舒缓音乐已经结束了，这会儿播放的是舒念最喜欢的那首《喜欢》，张悬的。

女歌手独特的嗓音很温柔，缓缓唱着："我最喜欢你。"

舒念被宋祺声吻得心在颤。

可她似乎不知道，她叫出口的"祺声"，有多动听。

同年，大白不在了。

舒念接到奶奶电话的时候，正在图书馆和宋祺声学习。

她接起电话后压低声音"喂"了声。

因为不好在座位上接电话，舒念刚起身，就听到奶奶在那边告诉她："念念啊，大白走啦，太老啦，老死的。"

舒念登时僵在原地，大脑突然一片空白。

宋祺声敏锐地察觉到舒念情绪不对劲，伸手握住她垂落的手指。

舒念扭头看了他一眼，在和他对视的一刹那，她的眼睛突然酸胀不堪。

就要掉眼泪的舒念把手从宋祺声掌心抽出来，她保持着接电话的姿势快步出了图书馆。

来到外面后，舒念走到台阶左侧，这才开口，嗓音泛哽地问："它……它走的时候，很痛苦吗？"

"没有，"老太太安慰她，"没有很痛苦，没怎么遭罪，你别难过，它这个年龄的老猫，也算寿终正寝了。"

舒念强忍着眼泪"嗯"了声，没再说别的，她怕自己控制不住地哭出来。

宋祺声出来找舒念时，她刚挂掉电话。

"念念，"他走过来，担忧地问她，"怎么了？"

舒念抬眼看向他，眼泪顿时顺着脸颊滑落。

她啜泣着，声音颤抖："奶奶说，大白……大白去喵星了。"

宋祺声抬手拥住哭泣的她，轻抚着她的脊背无声安慰。

舒念埋脸在他胸前，毫无顾忌地哭了好一会儿。

后来，两个人坐在台阶上，舒念因为哭过，眼睛红通通的，声音里还残留着哭过后的鼻音。

她说："我知道大白年龄很大了，十岁的老猫，身体肯定不好，但我还没有做好准备永远失去它。"

宋祺声安静地听着她说话，并不打断，而他同时也想到了家里的伞伞。

伞伞今年也七岁了，是高龄猫了。

宋祺声偏头看向舒念，伸手帮她擦掉脸上的泪珠。

在舒念收拾好情绪要跟宋祺声回图书馆内时，宋祺声却拉着她的手不往前走了。

舒念目光不解地望着他。

他低声对她说："念念，我们找时间去拍情侣写真吧，带上伞伞一起。"

"从现在开始，我们慢慢地跟它告别。"

舒念眼里盈着泪，唇边漾开笑，轻声答应他："好。"

舒念和宋祺声在周末就带伞伞去拍了一套写真。

已经七岁的白猫比小时候安静很多，平常很不喜欢被人抱的伞伞这次意外地很配合，就连宋祺声把它放在脑袋上，它也乖乖地趴在他的头顶。

就是爪子不太老实，总会好奇地去扒拉他脸上为了拍摄才戴上的眼镜框。

"伞伞，不要抓……"

被伞伞的爪子误伤到的宋祺声直接气笑，他抬手拨开白猫的前爪，话语无奈："把你的臭爪拿开。"

舒念笑着调侃："父慈子孝现场。"

拿伞伞没辙的宋祺声只好求助舒念："念念，你管管它。"

舒念笑着走到坐在椅子上的他身后，从后面握住白猫两只前爪。

给他们拍摄的小姐姐看到这个场面，二话不说就按下了快门键，将这温馨的一幕定格。

后来选照片的时候，舒念和宋祺声都最喜欢这张，还把这张用作了写真集的封面。

06

一生
跟你走

大四上半年，在放国庆假期之前，沈大的保研名单公布。

外语系有舒念的名字，物理系有宋祺声的名字。

而且两个人在各自的专业里都是排名第一的大佬。

学校的教授和领导都知道舒念和宋祺声是一对学霸情侣。

国庆假期舒念和之前每年一样，回了老家。

奶奶跟她说今年过年不在老家过了，年前她会去沈城，以后就在沈城跟他们一起常住。

舒念自然是高兴的。

这样她就能经常见到奶奶了。

但是……

舒念想到了她和宋祺声的约定。

他们说好以后她要带宋祺声来老家看活的鸡鸭鹅牛羊猪的。

如果奶奶去了沈城，老家没了亲人，舒念肯定就不会再在假期回来了。

“奶奶，”舒念问，“你大概什么时候去沈城啊？”

老太太说："得看你爸爸的时间，等他有空估计要年底了吧。"

舒念眨了眨眼睛，对老太太说："我男朋友一直想来乡下玩玩呢，我寒假带他回来见见你？"

"那自然好，"老太太笑眯眯道，"我就知道你搞对象了。"

"每次一到大年三十的晚上就偷偷摸摸跟人打电话。"

舒念有些羞赧地窘迫道："哪有偷偷摸摸啊……"

"有他的照片吗？让奶奶瞅瞅。"

老太太对未来的孙女婿格外好奇。

舒念从相册里找到宋祺声的照片，把手机拿给老太太看。

老太太戴上她的老花镜，拿远手机，仔细地瞅着照片里的男生，夸赞："长得真俊。"

然后又问："你同学啊？"

舒念"嗯"了声，跟老太太说："高中同学，大学也在一个学校，然后我们一起被保研了。"

老太太对舒念的学习从不过问，她更关心的是孙女的生活，在老太太这里，吃饱穿暖健康快乐比什么都强。

所以她并不知道舒念和宋祺声一起努力学习一起被保研的事。

听到孙女这样说，老太太笑得眼睛都眯起来："好，好。"

"他打算什么时候过来？"

舒念说："我还没和他具体商量，应该……寒假吧。"

"行，"老太太爽快答应，"到时候奶奶给你们做好吃的。"

这晚舒念在跟宋祺声通电话的时候，把这事跟他提了下，宋祺声欣然答应："好啊，那放了寒假我就跟你走。"

舒念笑他，随口打趣问："我去哪儿你都跟着吗？"

没想到宋祺声很认真地不假思索道："只要你不嫌我烦。"

舒念愣了下，而后轻笑着咕哝：“我什么时候烦你了？”

宋祺声说：“那我可就黏着你了啊。”

“明天我就去找你。”他逗她。

“真来啊？”舒念当了真。

宋祺声笑出声：“我倒是想呢，但是这次太赶了，还是寒假吧，我想名正言顺地去见奶奶。”

舒念没听懂他的意思：“我已经告诉奶奶你是我男朋友了啊。”

宋祺声说：“不是这个意思，以后你就知道了。”

舒念隐隐约约感知到了什么，但又觉得应该只是自己想多了。

直到国庆节假期结束返校的当晚，她被他神秘兮兮地带去一家距离学校并不算近的酒店。

在从前台拿了房卡往房间走的时候，舒念有点紧张，扯着他的手，小声问他：“你带我来这儿干吗啊？”

宋祺声只说：“你跟我来。”

最终，舒念被他带到房间号为0731的房间门口。

宋祺声刷了房卡后，牵着舒念的手走进去。

房间的地上铺满了玫瑰花瓣，这条玫瑰花瓣长毯一路延伸，洒满了地上的每一个角落。

舒念踩着香芬的玫瑰地毯来到房间里。

满屋子的气球装饰点缀着房间，桌上放着粉玫瑰和躺在戒指盒里的情侣对戒。

还有一把吉他挂在墙上。

到这儿，一切都很正常。

下一秒，舒念就看到床上用玫瑰花瓣铺了一个大大的心，床头柜上甚至有一盒杜蕾斯。

宋祺声自然也看到了，他立刻走过去打开抽屉，把那东西丢进去。

“这不是我弄的，我没让他们准备这个……”

他红着脸，窘迫地跟她解释着，又连忙拽住被子把床上的心形玫瑰抖乱。

“床上的玫瑰也不是我安排的，我说了只往地上撒就行。”

宋祺声格外后悔自己没过来检查，他当时要去接舒念，时间上来不及，所以才疏忽了。

这家店的服务生也太“贴心”了。

舒念看着他耳根都红透了，神情也有点挫败，笑着说：“没事啊，那些都不重要。”

她走到桌前，轻弯腰低头嗅了嗅玫瑰，问：“给我的吧？”

宋祺声点点头。

舒念抱起玫瑰花束，转过身看向宋祺声。

她笑望着他，话语温软地轻嗔：“你还愣着啊？”

宋祺声这才走过来。

他拿起那个打开的戒指盒，突然脑子里一片空白，紧张得不知道要从哪里说起。

那些他打过无数次的腹稿，此时此刻完全想不起来。

须臾，宋祺声才滚了滚喉结，开口：“念念，自七年前的夏天，我在那场潮湿的雨中第一次遇见你，我就开始关注你。”

“他们都说，一见钟情是见色起意，但我对你不是，我当然喜欢你的温婉漂亮，但我更爱你的善良、可爱，还有你骨子里那股一直不服输一直在往前奔跑的力量。”

“你是我见过的、最好最好的女孩子，我被你吸引。”

他目光深情地注视着她，话语也格外温柔：“我那次跟你说，我们慢慢地跟伞伞告别，其实是我当时忽然明白了，不管是大白、伞伞，还是我们的家人、朋友，都只能陪我们一段路，我们终其一生，都在不断地告别。”

“但有一个人可以陪你很久很久，我想做那个可以陪你很久很久的人。”

“我愿意一生都跟你走，你愿不愿意，让我陪你走以后的路？”

舒念泪眼婆娑地看着他。

过了这么多年，眼前这个男生还是她初见的那个少年。

她扬唇笑起来，眼泪应声而落：“我愿意。”

宋祺声也红了眼眶，他笑着，从戒指盒里取出戒指帮她戴好。

随后舒念也把戒指戴到了他的左手中指。

求婚成功后，宋祺声用酒店房间里的电话打了通电话，很快，服务生就把宋祺声之前就准备好的蛋糕送了上来。

宋祺声在酒店的房间里和舒念吃了蛋糕，然后用吉他给她弹唱了一首《宝贝》。

这是宋祺声第一次单独为舒念唱歌。

后来舒念坐在落地窗边的沙发里，她靠在宋祺声怀里，一边欣赏外面的景色，一边整理今晚她拍的照片。

过了会儿，宋祺声对舒念说：“走吧，再晚就过宿舍门禁了。”

舒念打趣他：“还走啊？”

宋祺声哼笑，回她：“不想走？那我去续房费，今晚在这儿睡吧。”

舒念立刻起身，开始拿东西。

宋祺声从后面拥住她，低低地笑着偏头在她脸上亲了一口。

这年寒假，宋祺声跟舒念回了她的家乡。

舒念带着他在村里走街串巷，让他见到了活的鸡鸭鹅牛羊猪。

宋祺声全程都在好奇地拍照。

从小生活在城里的孩子，根本没见过这些，村里的一切对他来说都挺新奇。

而且宋祺声来得巧，他和舒念去舒念邻居家看羊的时候，刚好赶上母羊产崽。

然后宋祺声就有幸见证了小羊羔被生下来的全过程。

他也是这时才知道，小羊羔被生下来后很快就能自己颤颤巍巍地站起来。

“好顽强的生命力。”他双手摁着膝盖保持着弯腰的姿势低声对蹲在他旁边的舒念说。

舒念回他：“嗯，还有小牛和小马也是这样的。”

宋祺声的到来让舒念有男朋友的事传遍了村子，导致街坊邻居一见到老太太就问：“你家孙女什么时候结婚啊？”

什么时候结婚不知道，大学毕业后就订婚这事儿是已经定了的。

订婚的事是舒念和宋祺声一起商量后，跟双方家长一起敲定的。

来年七月的最后一天，宋祺声和舒念的订婚宴如期举办。

同年九月，他们一起成了沈大的研究生。

宋祺声的父母给这俩孩子在沈大附近买了一套三室两厅的房子。

已经订了婚的小情侣从此就在沈大旁边安了家。

三年后，舒念和宋祺声都被保送沈大博士。

他俩下一步的打算是博士毕业后就留校任教，在沈大授课。

隔年8月4号，属于舒念和宋祺声的盛大婚礼在沈城最大的酒楼宴会厅举行。

也是这一天，舒念和宋祺声去民政局领了结婚证。

十一年前的今天，他们相遇在沈城的省图书馆，她因为和他产生了几秒的交集而心起波澜，到今天，两人携手共度余生，曾经各自的单向轨道终于有了交集，并驾齐驱。

（全文完）

后记

最初萌生这篇文的灵感，是我在网络上无意间看到了一句话——在你那里是一个擦肩，在我这里是整个夏天。

看到这句话的那一瞬间，我仿佛窥见了一个少女小心翼翼藏在心底的暗恋。

这份暗恋是她一个人的秘密，没有第二个人知道。

她以为她的暗恋会随着盛大高考和那个暑假被一起埋葬在过去，永远都不会有另一个人知晓。

但我不想让她的暗恋落得这样的结局，我想让她圆满。

而在此之前，我已经写过几本暗恋文，有女暗恋男，也有男暗恋女，也有一方单恋后期变成双向暗恋，但是从没写过分别从男女视角各自描述他们眼中的单恋。所以这次，我想尝试一下这种写法，并且要让男主在女主暗恋他之前就已经喜欢上了女主。

自始至终，这场“单恋”，其实都只是他们自以为的单恋，

从舒念和宋祺声第一次在省图书馆有交集时起，他俩就已经在同一条“单恋”的轨道上朝着彼此奔赴了。

结局早在故事开始的那一刻就注定了，他们最终肯定会在一起。

写这篇文时，有两个非常触动我的地方。

一个是宋祺声去舒念家乡那边的寺庙为她祈福，他跪在蒲团上，求佛祖菩萨保佑舒念此生事事顺意。

另一个是宋祺声跟舒念确定关系的那晚，他向她坦白他很早很早就喜欢她，但是他不敢打扰她，只能把所有的喜欢藏起来。

出版番外写得很顺畅也很开心。

我很喜欢宋祺声对舒念求婚时说的那句“我想做那个可以陪你很久很久的人”。

宋祺声一直都是真诚的。

舒念喜欢他的真诚。

我也喜欢。

相信你们也很喜欢这样把真诚刻在骨子里的少年。

我十分感谢我的出版编辑，能让舒念和宋祺声以实体书的形式跟大家见面，也谢谢我美丽的编辑给了我写这篇后记的机会。

同样谢谢喜欢这篇文的你们，感谢每一位和我素未谋面但以故事结缘的读者。

希望世界上每一份念念不忘的喜欢，最终都能声声回响。

也祝大家，此生事事顺意。

艾鱼

2023.03.09

图书在版编目（CIP）数据

单恋轨道 / 艾鱼著. -- 长沙 : 湖南文艺出版社，2023.9
ISBN 978-7-5726-1393-7

Ⅰ. ①单… Ⅱ. ①艾… Ⅲ. ①长篇小说－中国－当代 Ⅳ. ①I247.5

中国国家版本馆CIP数据核字(2023)第166985号

长沙天使文化股份有限公司。本书版权受法律保护。未经权利人许可，任何人不得以任何方式使用本书包括正文、插图、封面、版式等任何部分内容，违者将受到法律制裁。

单恋轨道
DANLIAN GUIDAO

作　　者：艾　鱼
出 版 人：陈新文
责任编辑：李　阔
出版统筹：邓　理
策划编辑：陈　丽
封面设计：罗静颖
特邀画师：茶叶蛋有点烫　咕大猫咛　烦焖鸡米饭
内文设计：谭琼玉
出版发行：湖南文艺出版社
（长沙市雨花区东二环一段508号　邮编：410014）
网　　址：www.hnwy.net
印　　刷：湖南天闻新华印务有限公司
经　　销：新华书店
开　　本：145mm×210mm　1/32
字　　数：206千字
印　　张：8
版　　次：2023年9月第1版
印　　次：2023年9月第1次印刷
书　　号：ISBN 978-7-5726-1393-7
定　　价：42.00元